家康（八）
明国征服計画

安部龍太郎

幻冬舎時代小説文庫

家康（八）

明国征服計画

第七巻までのあらすじ

小牧・長久手の戦い以降、つば迫り合いを続けていた家康と秀吉だったが、天正大地震を機に、和睦の道を選択する。

秀吉の妹、朝日を嫁に迎えた家康。

秀吉はそんな家康に、本能寺の変の真相と自らの腹の中を明かす。

晴れて「兄弟」となった両雄は、信長が志向した律令制による国造りを目指すことになる。

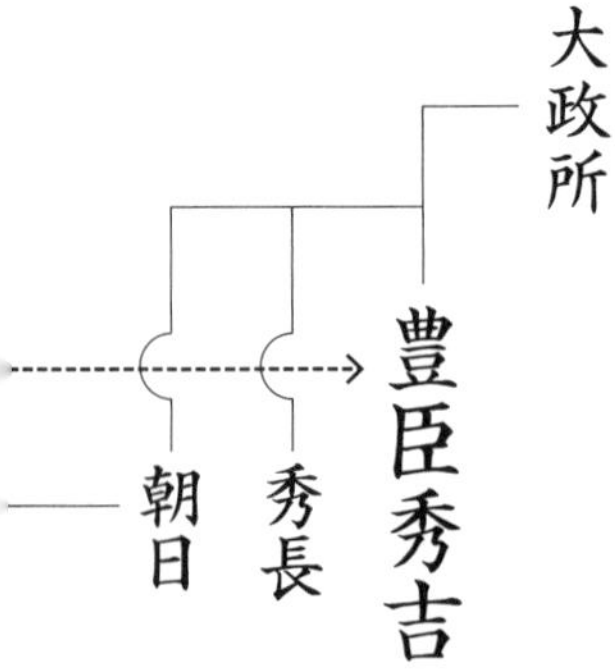

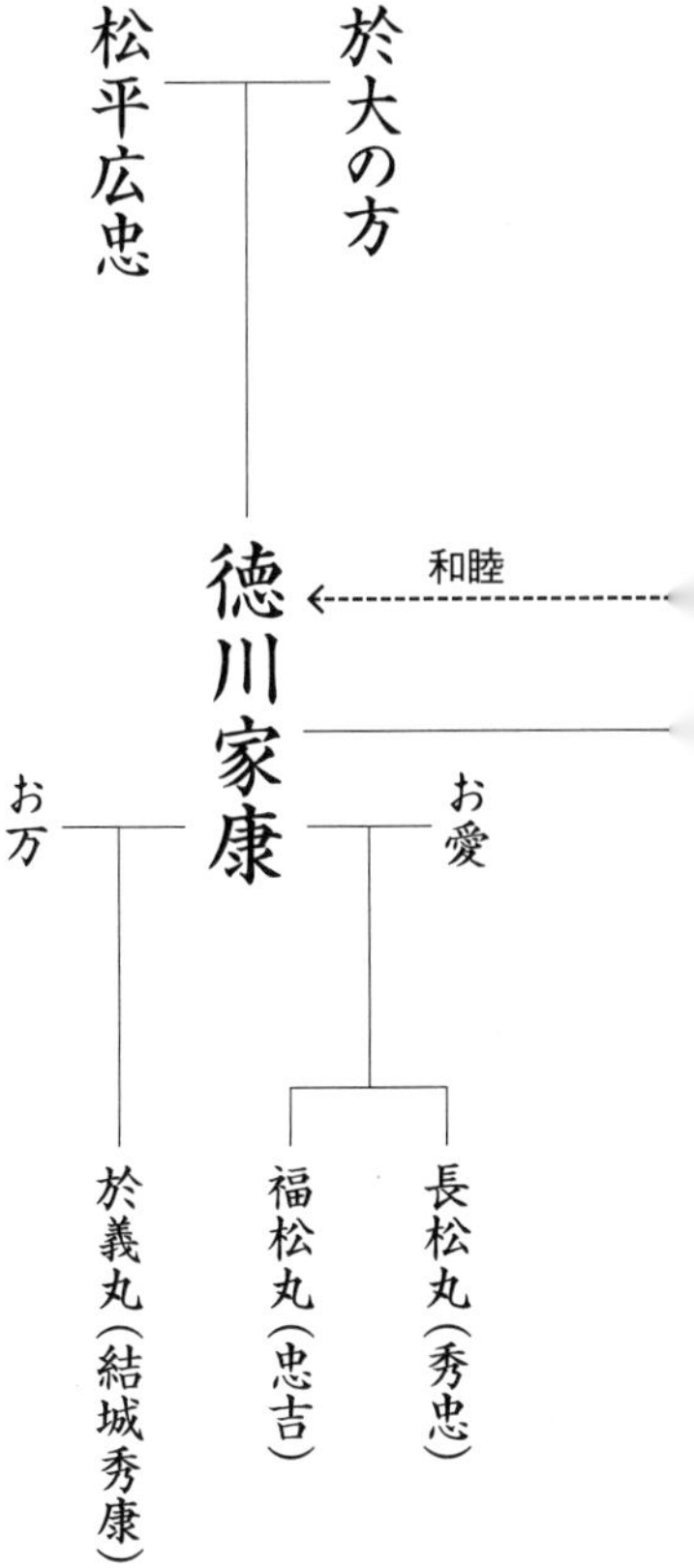

家康重臣

酒井忠次　本多正信　平岩親吉　鳥居元忠　松平康忠

服部半蔵　本多忠勝　榊原康政　井伊直政

目次

第一章

火薬庫

天正《てんしょう》十六年（一五八八）四月十四日、豊臣秀吉は後陽成《ごようぜい》天皇の聚楽第《じゅらくだい》への行幸をあおいだ。

帝《みかど》は御歳《おんとし》十八。十四日から十八日まで聚楽第に滞在し、秀吉のもてなしを受けられることになった。本能寺の変から六年目に秀吉が成し遂げた壮挙で、律令制にならった天皇中心の世を築くことを天下に知らしめるための行事でもあった。

室町時代の例では、武家が帝の行幸をあおぐ時には屋敷の玄関先で迎えるのを礼儀としたが、関白秀吉はこの前例を無視し、牛車《ぎっしゃ》に乗って内裏に迎えに行った。

この日のために御所車と呼ばれる巨大な牛車を新調し、聚楽第の東門を出て内裏まで、およそ十五町（約一・六キロ）の正親町《おおぎまち》小路（中立売通《なかだちうり》）を真っ直ぐに東へ向かった。

駿河大納言となった徳川家康は、束帯《そくたい》姿で御所車の前を歩いている。横には大和大納言羽柴秀長《ひでなが》が並んで歩き、秀吉政権の両翼であることを示していた。

この日のために美しく広々と整備された通りには、両側に三千人ずつ、揃いの金色の具足をまとった将兵が隙間なく並んで警固に当たっていた。

内裏に着くと、秀吉は家康と秀長を従えて紫宸殿《ししんでん》に上がった。

南庭には右近の橘《たちばな》、左近の桜がある。桜はすでに花の時季を終えていたが、橘は白い可憐《かれん》な花をつけていて、柑橘《かんきつ》系の甘い香りをただよわせていた。

右近、左近とは紫宸殿に向かって右、左ということである。それを殿上から右に橘、左に桜を見るとは思いもかけないことである。尊皇の志が厚かった松平家のご先祖がこの様子を見たなら、いったい何と言うだろう。家康はふとそう思った。

やがて山鳩色《やまばと》（青みのある黄色）の束帯を召された帝が紫宸殿におでましになり、従者にうながされて庭につけた鳳輦《ほうれん》（屋根に鳳凰《ほうおう》の飾りのある天子の車）にお乗りになる。

帝の束帯は裾が長いので、秀吉が裾を持ち上げて階《きざはし》を下りたり鳳輦に乗られる手助けをしたが、これも異例のことだった。

行幸の行列は鳳輦を前、秀吉の御所車を後ろにして進んでいく。その前後に諸家百官が従い、正親町小路を西に向かって行く。

行幸は長く中断していたために、編成や作法について分からないことが多かったが、秀吉は京都奉行の前田玄以《げんい》に命じて調べさせたのだった。

この日の行事について『聚楽行幸記』は次のように伝えている。

〈事も久しくすたれたる事なれば、おぼつかなしといへども、民部卿法印玄以《みんぶきょうほういん》（前田玄以）奉行として、諸家のふるき記録故実など尋《たずね》さぐり相勤める〉

こうした秀吉の周到なやり方にも、帝の行幸によって王政復古が成ったことを天下に示そうとする意気込みがうかがえる。

広々と拡張した通りには、畿内近国から数万の群衆が見物のために集まっていたが、あまりに壮麗、荘厳な行幸に圧倒され、しわぶきを立てることさえ遠慮して見守っていた。

聚楽第には帝の行幸を迎えるための儲《もうけ》の御所が築かれていた。檜《ひ》皮葺《わだぶ》きの御殿の屋根には、金の龍の飾りがほどこしてある。障壁画は狩野松栄《かのうしょうえい》・永徳《えいとく》父子が受け持ち、金泥や銀泥、瑠璃《るり》（ラピスラズリ）や孔雀石《くじゃくいし》などの岩絵具をふんだんに使った華やかな絵を配していた。

大広間には公家や諸大名が百人ばかり、身分に応じて居並んでいる。秀吉は帝を御座に案内すると、一段下がった席についた。

御座の左右の床《とこ》には、蓬萊《ほうらい》の島や鶴亀の置物、松竹の飾り物など、行く末の幸せを願う縁起物が美しく並べてあった。

「本日は恐れ多くも畏《かしこ》くも、わが屋敷に帝の行幸をあおぐことができた。これは王政を復し、延喜《えんぎ》・天暦《てんりゃく》の治にならおうとする我らの志を、帝が嘉《よみ》してくださったからにほかならぬ。皆の者、わが日本は神国じゃ。天照大神《あまてらすおおみかみ》からこの国を治めるように神勅《しんちょく》をいただかれた帝が、先祖代々長きにわたって治められてきた」

秀吉は広間の者たちをねめ回し、帝のお申し付けに従って私利私欲なく国を治めるのが我らのつとめだと言った。

「これまで足利幕府も諸大名も、この理《ことわり》を分からず帝と朝廷をないがしろにしてきたゆえ、応仁《おうにん》の乱以来百年以上も戦乱の世がつづいた。これを正そうと立ち上がられたのが織田信長公であり、その志を継いだ余がこうして帝の世を復することができた。今日はそれを祝して帝から御盃《おんさかずき》をたまわることになった。心して味わい、末代までの語り草とするがよい」

秀吉が合図をすると、美しく着飾った侍女たちが皆の前に盃と肴《さかな》を載せた膳を運んだ。

「それでは帝からお言葉をたまわる。心してうけたまわれ」

秀吉にうながされて、帝が盃を手にされた。

「今日は関白太政大臣《だいじょうだいじん》のお陰で、このような盛儀をもよおすことができた。これも皆が力を合わせて関白を支えたからである。今後も関白の申し付けを朕《ちん》の勅令と心得、力を尽くすように」

帝は用意の言葉をのべられると、女官がそそいだ酒に口をつけられた。

その盃を秀吉、秀長、家康、そして公家や大名たちが回し飲みし、帝への忠誠と秀吉への服従を誓う。

盃がひと回りするごとに肴の膳が運ばれ、都合三度くり返される。これを三献《さんこん》の儀という。その後は帝が退座なされて無礼講になったのだった。

翌十五日、秀吉は皇室と朝廷の財源とするために、洛中の銀子地子《ぎんすじし》（土地税）五千五百三十両（約四億四千二百四十万円）ばかりを末代まで献上することを誓った。

また公家や門跡《もんぜき》の扶持《ふち》にあてるために近江高嶋郡のうち八千石を与え、朝議によって分配先を決めるように計らった。

いずれも帝の行幸に対する返礼であり、王政復古のために尽力していることを誇示するための措置だった。

こうして尊皇の気運を盛り上げた後で、大広間に諸大名を集め、

「関白殿の仰《おお》せ聴かせらるる趣《おもむき》、何篇《なんべん》においても聊《いささか》も違背申すべからざる事」

そう記した誓紙に署名させて服従を誓わせた。

天皇への忠誠心を利用して自分への服従を誓わせる。家康には及びもつかない見事なばかりの演出だった。

三日目は歌会で、「松に寄せる祝いの歌」という題で秀吉が詠《よ》んだのは、

万代《よろずよ》の君がみゆきになれなれん
　緑木たかき軒の玉松

ようやく帝の行幸を実現できたことを言祝《ことほ》ぎ、皇室の繁栄を願ったものだ。

駿河大納言徳川家康も、次の一首を詠んだ。

みとりたつ松の葉ことにこのきみの
　千年のかすを契《ちぎり》てそみる

帝の世の安泰と末永い忠誠を誓ったものだった。

四日目は舞楽上覧がおこなわれ、一番の万歳楽《まんざいらく》、二番の延喜楽《えんぎらく》を皮切りに、十番が演じられた。

上覧の後は酒宴が開かれ、秀吉の正室北 政所《きたのまんどころ》と母親の大政所から、帝へ小袖、黄金、お香、高檀紙《たかだんし》などの進上物が届けられた。

酒宴の最中に正親町上皇から和歌の短冊が送られてきた。記されていた御製《ぎょせい》は、

万代に又八百万《またやおよろず》かさねても
猶《なお》かぎりなき時はこのとき

王政復古が成ったことを、無上の喜びとしているお気持ちが込められたものだ。

上皇は太上天皇になって朝廷を支配しようと目論《もくろ》む織田信長を阻止しようと肝胆《かんたん》を砕いてこられただけに、秀吉が関白になって朝廷の仕来《しきた》りに従うことに安堵しておられたのだった。

御製を贈られるのは異例のことだが、おそらく秀吉は事前に根回しをしていたのだろう。酒宴の席でうやうやしく披露し、すぐさま返歌を贈った。

言《こと》のはの浜の真砂《まさご》はつくるとも
　限りあらじな君が齢《よわい》は

上皇の長寿と健康を祈念したものである。

翌四月十八日は行幸五日目で、「還幸《かんこう》の儀式」がおこなわれた。帝は秀吉のお礼の言上を受けられた後、鳳輦に乗って御所におもどりになった。

帰りの行列には長櫃《ながびつ》三十、唐櫃《からびつ》二十が加わっている。帝への秀吉の進物を納めたもので、黒漆に蒔絵《まきえ》をほどこした櫃には、彫金で菊の御紋が入れてあった。

秀吉はその後ろから御所車で随行している。お迎えの時と同じように、車の前には駿河大納言徳川家康と大和大納言羽柴秀長が徒歩で従っていた。

無事に帝をお送りした秀吉は、満面に笑みを浮かべて御所を退出した。帝を自邸に迎えて王政復古を宣するという一世一代の偉業を成し遂げ、さすがにほっとしていた。

「おみゃあさんたちも疲れたでしょうー。歩かんと車に乗っていってちょ」

家康と秀長を御所車に乗せた。平屋ほどもある巨大な車は、三人が楽に座れる広さがあった。

「どや、小一郎《こいちろう》(秀長)。わしが言うた通りになったでしょうー」

「恐れ入りました。このような盛儀が実現できるとは、思ってもおりませんでした」

律儀な秀長は、こうした内々の場でも臣下の礼を崩さなかった。

「要は銭と度胸と知恵なんだて。これさえあれば叶わぬことなど何もにゃあ。のう、駿河大納言」

「まことに目を見張らされることばかりでございました」

家康でさえ五日間の出来事に圧倒され、龍宮城にでも行ったような気持ちになっている。他の大名や庶民たちはそれ以上に驚き、秀吉の底知れぬ力に肝をつぶしているはずだった。

「本番はこれからだて。北は奥羽ばかりか蝦夷地まで、南は琉球《りゅうきゅう》までを日本国とし、スペインに対抗できる国を作り上げるんだわ」

「蝦夷地や琉球でござるか」

「これからは外国との交易がひときわ大事になるもんで、売れるものを持っとかんとかんがや。その点蝦夷地には昆布《こんぶ》や海鼠《なまこ》、干鮑《ほしあわび》のような明《みん》国人が欲しがるもんがある。砂金もざくざくとれる。それを琉球に運び、明国や南蛮に売るんだがね」

「関白殿下はどうしてそのようなことをご存じなのでございますか」

「蝦夷地の松前《まつまえ》に、松前慶広《よしひろ》という者がおるんだわ。そやつがいち早く使いをよこして、わしに従いたいと言うとるんだて」

　そこで蝦夷地の状況と産物、交易の実態を報告させたという。

「しかも蝦夷地は樺太《カラフト》に近く、北の大陸とも盛んに交易しとるんだて。北の大陸には鉄があるというとるもんで、それを手に入れれば大砲が作れるようになるんだわ」

「大砲を積んだ軍船を建造なされるおつもりですか」

　家康は秀吉の視野の広さに意表を衝《つ》かれる思いがした。

「イエズス会が約束を守らんもんで、自前で造る工夫をするしかにゃあがね。これからはスペインではなくイギリスやオランダと仲良うして、船の造り方や帆走の仕方を教えてもらわんとかんと思っとるんだわ」

「両国はスペインと対立しているようですが」

「ほうだわ。同じキリシタンでも改革派という新しい宗旨で、イエズス会のように強引な布教はせんいうんだて。ほうなら安心して付き合えるもんで、やがてはスペインと手を切ってイギリスやオランダと貿易をする。大砲を積んだ船団を持つことができれば、両国と示し合わせてスペインをフィリピンから追い出すこともできるんだわ」

しかしそれは十年ほど先のことで、今は国内の統一を急がねばならぬ。秀吉はそう言って、北条家のことに話を移した。

「まあだいぶん待っとったが、いまだに挨拶がにゃあでしょうー。服属するつもりはにゃあのきゃ」

「ただ今、北条家に使者をつかわして上洛するよう求めております。駿府にもどり次第、真意を確かめてご報告いたします」

家康は慎重に言葉を選んで返答した。うかつなことを言えば、どんな役目を負わされるか分からなかった。

「おみゃあさんの娘は、北条氏直《うじなお》に嫁いどると聞いたが」

「さようでございます」

「そんなら氏直は息子じゃにゃあか。いつまでも帝にたてついとったら、この日本で生きる道はにゃあと教えてやってちょ。のう、小一郎」

「関東は鎌倉武士ゆかりの地ゆえ、独立自尊の気風が強いのでございましょう」

羽柴秀長が上手に秀吉をなだめて家康を庇《かば》った。

御所車は揺れることなく進んでいく。秀吉は正親町小路を拡張した時、路面を版《はん》築《ちく》によって入念に固めるように命じたので、人の背丈より大きな車輪が回っても、揺れたり音をたてたりしないのだった。

家康は四月二十日に都を発ち、岡崎、浜松に立ち寄って二十七日に駿府城にもどった。

工事が進められていた駿府城の天守閣はほぼ完成し、外壁を仕上げる作業にかかっていた（以下、諸説あり）。

天守台の石垣の高さは十間（約十八メートル）。広さは南北二十間半（約三十七メートル）、東西十八間半（約三十三メートル）で、大坂城の天守台に匹敵する大きさである。

天守閣は五層七階。屋根は青瓦で葺《ふ》き、軒瓦には安土城のように金箔を用いている。各階の壁は下部に黒塗りの下見板を張り、上部を白漆喰《しろしっくい》で塗って対比を鮮やかにしていた。

天守台のまわりには銃眼を開けた多聞櫓《たもんやぐら》をめぐらし、四隅には二階造りの角櫓《すみやぐら》を配している。

天守台の東側には三階建ての小天守を築き、大天守との間を長櫓で結んで、ここを通らなければ内部には入れないようにしていた。

本丸のまわりの内堀も、二の丸を取り巻く中堀も美しく仕上がり、五ヶ国の太守となった家康にふさわしい威容を誇っている。

安土城や大坂城のような華やかさや派手さはないが、実直で堅実な美しさがある。しかも戦《いくさ》となれば無類の強さを発揮する機能性をそなえていて、三河武士の生き様を象徴しているようだった。

　家康は表御殿の大広間に重臣たちを集め、駿府城の天守閣を築き上げた者たちの労をねぎらった。

「この城はわしが思い描いていた通り、いや、それ以上に見事な出来栄えである。一年数ヶ月のうちに、よくぞここまで仕上げてくれたものだ」

　家康は作事の指揮をとった松平家忠を呼び、配下の慰労に使うようにと金百両（約八百万円）を渡した。

「都での首尾も上々であった。関白殿下は帝を聚楽第にお迎えになり、朝廷を中心とした新しい国造りが始まることを天下に示された。わしも従二位《じゅにい》大納言に叙され、新政権において重責を荷《にな》うことになった」

　家康の言葉に対する家臣たちの反応は二つに割れた。都で帝の行幸を拝した者たちは誇らしげにうなずいているが、駿府で留守役をつとめていた者たちは、よく分からないといった表情をしている。

　家康はそれを見て取り、近習頭《きんじゅうがしら》の松平康忠に事を分けて説明するように命じた。

「それでは僭越《せんえつ》ではございますが」

　康忠はこうした場合に備えて覚え書きを作っていた。

「亡き信長公は戦乱の世を終わらせるために、朝廷を中心とした天下を築こうとしておられました。古《いにしえ》の律令制にならって法によって国を治め、公地公民の制度を確立しようとなされていたのです」

ところが信長が本能寺の変で討たれたので、秀吉が関白太政大臣となってこの方針を受け継ぐことになった。

帝の聚楽第への行幸は、朝廷も秀吉の政策を全面的に支持していると表明するためのものだったのである。

「これから各大名は領地領民を私有するのではなく、朝廷から預かって統治することになります。朝廷から転封を命じられたなら拒むことはできませんし、自らの判断で近隣の大名と戦うこともできなくなります。これを惣無事令と呼び、各大名は関白殿下に異議なく従うと誓約しなければなりません」

「恐れながら、それでは大名家は潰《つぶ》されるということでござろうか」

家忠が皆の不審を代弁して声を上げた。

「朝廷に従う限り、潰されはしません。帝から領地を預け置かれ、統治に当たる形になります」

松平康忠の説明を聞いて、留守役の重臣たちの戸惑いはいっそう大きくなった。領地領民の私有権や交戦権を奪われ、朝廷の命令ひとつで転封されたり領地を召し上げられるのなら、もはや武士とは言えないではないか。しかもそれを執行する秀吉が公明正大なら我慢もできようが、恣意《しい》的に大名の首をすげ替えられたらたまったものではないと考えている。

「皆の不審はもっともである。とうてい従えぬと思う気持ちも分からぬではない」

家康は一人一人を見回しながら、なだめにかかった。

「しかし信長公は、戦乱の世を終わらせるにはこれ以外に方法がないと考えておられた。関白殿下はその方針を忠実に引き継ごうとしておられる。その上でわしに、関東と奥羽の大名を惣無事令に従わせよと命じられた。これは東国《とうごく》における新しい国造りを任されたも同然じゃ。わしはこれに従い、信長公のご遺志をはたしたい。皆もそのつもりでいてくれ」

大広間での集まりを終えると、留守役の一人である朝比奈泰勝《あさひなやすかつ》を書院に呼んだ。

掛川《かけがわ》城主だった朝比奈泰朝《やすとも》の従弟《いとこ》で、泰朝が今川氏真《うじざね》とともに北条家を頼って伊豆に移った時に行動を共にした。十九年前の永禄十二年（一五六九）五月のことである。

その八年後に、氏真は家康を頼って浜松に移ったので、泰勝も家康に仕えるようになったが、兄弟の泰寄《やすより》は北条氏規《うじのり》のもとに家老として残った。

家康はそうした事情を勘案し、泰勝に氏規との上洛交渉を命じていたのだった。

「北条氏規どのの返事はどうした」

「まだでございます。殿がもどられるまでに返答していただくように申し入れていたのですが」

泰勝は四十二歳の分別盛りで、伊豆にいた頃に氏規とも面識があった。

「皆にも申した通り、わしは惣無事令の執行を命じられた。もはや一刻の猶予もならぬ」

「それは氏規どのにも伝えてありますが、氏政さま氏直さまのご同意が得られないのでございます」

「来月初めには関白どののご使者が小田原城を訪ねる。それまでには服属の意を固めておくように、氏規どのに伝えてくれ」

家康は直筆の書状を持たせて泰勝を伊豆の韮山《にらやま》につかわした。

ところが家康の努力は実らなかった。

五月初め、秀吉は富田知信（一白）、津田信勝（盛月）らを小田原城につかわし、早々に氏政か氏直が上洛して服属の意を明らかにするように求めた。

帝が聚楽第に行幸なされた折には、西国大名の大半が誓紙を出して服属を誓ったことを伝え、一刻も早く同様の行動を取らなければ討伐すると告げたのである。

ところが氏政は隠居していることを理由に使者に会おうともせず、当主の氏直は「上洛したいのは山々だが、常陸《ひたち》の佐竹や下野《しもつけ》の宇都宮が戦を仕掛けてくるので動くことができない。関白どののお力で両氏の策動をやめさせてほしい」と申し入れる始末だった。

このことが北条氏規から駿府城に伝えられると、さすがの家康も堪忍袋の緒が切れた。朝比奈泰勝に命じて氏規を呼び付け、膝を交えて状況が逼迫《ひっぱく》していることを伝えた。

「関白殿下は九州征伐に二十万の軍勢を動かされた。そのため武勇をもって鳴る島津家も抗し難く、島津義久どのは剃髪した上に身ひとつで降伏の場におもむかれたのでござる」

これ以上服属を拒めば、北条家も同じ目に遭う。家康はそう訴えた。

「それは承知しております。しかし、所領安堵の確約を得られないまま服属はできぬと、兄氏政や氏邦《うじくに》は考えているのでござる」

氏規は秀吉との対立が激しくなるにつれて、家中でますます苦しい立場に追い込まれていた。

「時代は変わったのでござる。関白殿下は帝の名代として政をおこなっておられるゆえ、理不尽なことは決してなされぬ。それを信じて身をゆだねぬ限り、北条家を保つ道はないのでござる」

「ただ今近衛龍山《このえりゅうざん》公に使者を送り、関白殿下に取り成してくれるように頼んでおります。せめてその返事なりともいただかないと……」

「近衛家と島津家は、近衛家の荘園であった島津荘に島津家初代が地頭として赴任した頃からの間柄でござる。それゆえ龍山公は島津家を許すように口添えなされたのでしょうが、北条家のために尽力されるとは思えません」

「すでに仲介料として、金千両（約八千万円）を受け取っていただきました。それゆえ望みなきにあらずと考えております」

「氏規どのが近衛龍山公に会われたのでしょうか」

「いいえ。三条家とは縁がござるゆえ、そちらを通じて頼みました」

「それでは何の役にも立ちますまい」

家康はあえて厳しく突き放した。

三条家がその金を渡したかどうかも分からないし、たとえ龍山公が受け取ったとしても、北条家に利用価値がなければ助けようとするはずがない。

「くれる言うんならもろときなはれ。どうせ近々無《の》うなる家や」

責任を問われることはないと言って、すましているにちがいなかった。

「龍山公が仲介して下さるなら、兄氏政や氏邦を説得することができると思ったのでござるが」

氏規が額に浮かんだ脂汗を懐紙でふき取り、もう手立てはないのだろうかとつぶやいた。

「それがしを氏直どのに会わせていただきとうござる」

「駿河大納言どのが、説き伏せて下さるのでございましょうか」

「当主は氏直どのです。当主が決めたなら、氏政どのも異を唱えることはできますまい」

「しかし、小田原城では」

氏政の息のかかった者が目を光らせているので、家康の身に危険がおよぶ恐れがあるという。

「それでは北条家の安泰を願うために、三嶋《みしま》大社に参拝していただきたい。そこにそれがしも忍んで参りますゆえ、至急段取りをして下され」

「なるほど。それなら」

氏規は生き返ったように膝を打ち、大急ぎで韮山にもどって行った。

三嶋大社での対面は五月二十一日におこなわれた。

北条氏直は前日に氏規の館に入り、翌朝早く三嶋大社に参拝した。そして客殿で休んでいるところに、服部半蔵らに守られた家康が巡礼姿で訪ねたのである。

「本日はご足労をいただき、かたじけのうございます」

氏直は緊張のために青ざめていた。

督姫《とくひめ》を娶《めと》って五年。二十七歳になり二人の娘にも恵まれたが、少しも貫禄がついていない。父親の氏政に頼りきってきたために、命を懸けて修羅場に飛び込む経験を積んでいないのだった。

「こちらこそお礼を申し上げる。事は切迫しておるゆえ、ご無理を申しました」

家康は二人だけで北条氏直と向き合った。

「当家のために心を砕いていただいていることに感謝申し上げます。お督と子供たちも元気にしていますので、ご安心下さい」

「失礼ながら安心しておられぬゆえ、こうして出張《でば》ってきたのじゃ。北条家では天下の情勢をどのように見ておられるのでござろうか」

「我らとて戦を望んでいる訳ではありません。しかし当家は初代早雲《そううん》以来、関東を治めて参りました。それゆえ所領安堵の保証もないまま、関白殿下の軍門に降《くだ》ることはできぬと考える者たちが多いのです」

「氏直どのも、そうお考えかな」

家康は容赦なく切り込んだ。

「父氏政や叔父氏邦はそう考えております。それに同意する重臣も多いのでございます」

「今日は氏直どのの考えを聞かせていただきたくて、こうして推参いたした。北条家のご当主は貴殿なのですから」

「わ、私は……、お義父上《ちちうえ》のお勧めに従いたいと思っています。しかし、当家の実権は今も父が握っていますので、私の一存ではどうにもならないのです」

氏直は驚くほど率直に語ったが、それは何の強さも持たない逃げでしかなかった。

「関白殿下とは交渉の余地はござらぬ。服属して家の存続を認めてもらうか、我を貫いて戦うしか道はないのです」

「まことに、さようでしょうか」

「島津家を見られるがよい。北条家では城の備えを強化したり軍令を発して戦の仕度《したく》をしておられるようじゃが、関白どのの軍勢と戦って勝てると思われまするか」

「我らが備えを固めているのは、付け入る隙がないことを示して関白殿下の進攻を防ぐためです。戦をするよりは、我らの要求を受け容《い》れて穏便にすませた方がよいと考えていただきたいのです」

「氏政どのは奥州の伊達や最上《もがみ》、葛西《かさい》や大崎にも使者を送り、結束して戦おうと呼びかけておられると聞き申した」

家康は服部半蔵の配下を奥州に向かわせ、そうした事実をつかんでいた。

「私は、聞いておりません」

氏直の端整な顔がますます青ざめていった。

「氏政どのはこれまで二度、小田原城に籠城して大敵を防がれたことがある。一度目は上杉謙信、二度目は武田信玄が攻め寄せてきた時でござる」

だから今度も籠城すれば何とかなると考えているのではないか。家康はそうたずねたが、北条氏直は思い詰めた目をして黙ったままだった。

「ところが今度はそうは参らぬ。上杉勢はおよそ十万、武田勢は四万だったと聞いておりますが、関白殿下の軍勢は二十万を軽くこえます。しかも補給も充分なので、長期の包囲をつづけることができましょう」

「…………」

「関白殿下は三島、箱根、韮山の北条方の城を落とし、十万の軍勢で小田原城を包囲されよう。むろん海上にも番船《ばんせん》を配して、北条家の補給を断たれるはずじゃ。その間に他の十万を関東に攻め込ませ、北条方の城をひとつひとつ落としていきます。これでは奥州から援軍を送ろうとしても進軍できぬし、すでに伊達や最上には殿下が調略の手を伸ばしておられるので、北条家の身方をするとは思えません」

その調略にあたっているのは、関東と奥州の惣無事を命じられた自分だ。家康はそう打ち明けて氏直に服属の決断を迫った。

「しかし、父上が……」

「ならば氏政どのを廃してでも、家中の意見をまとめて下され。さもなくば、お督を引き取り、北条家との縁を切らせていただく」

「徳川どのは関白に取り入り、当家の所領を奪おうとしていると言う者がおります」

氏直が意を決して内情を打ち明けた。

「そうした疑いを打ち消す起請文《きしょうもん》を、私と父に向けて書いていただけないでしょうか。さすれば私は、関白殿下に服属する使者を送るという起請文を書きます。その二通を父に示し、命を懸けて説得いたしますので」

氏直の必死の決断に、家康も懸けてみることにした。

幸い三嶋大社には熊野牛王宝印《ごおうほういん》の護符が保管してある。その裏に墨黒々とこう記した。

一、其方御父子の儀、殿下の御前において、悪様《あしざま》に申しなし、佞人《ねいじん》の覚悟を構え、御分国中毛頭あい望まぬ事。
一、今月中、兄弟衆をもって、京都へ御礼申し上げらるべき事。
一、出仕の儀、納得なきにおいては、家康娘返し給うべき事。

家康の努力が実を結んだ。

北条氏直は家康と自身の起請文を父氏政に見せ、

「義父上との約束を果たせなければ、自分は北条家の当主でいることはできない」

そう言って決断を迫ったのである。

息子の思いがけない行動に心を打たれた氏政は、弟の氏規を上洛させることを認めた。

この知らせが閏《うるう》五月九日に駿府城に届くと、家康ばかりか徳川家中の者たち全員がほっと胸をなで下ろした。

〈相州と上方《かみがた》御無事とヽのい候由候〉

この日の日記に松平家忠はそう記している。

六月五日には氏直が秀吉に使者を送り、今年の十二月上旬に氏政が上洛すると伝え、両者の「御無事」はいっそう確実になったのだった。

それからしばらくして、秀吉からの急使が駿府城にやって来た。母大政所の容体《ようだい》が悪いので、朝日姫を至急上洛させてほしいという。

家康は急いで上洛の手配をし、六月二十二日に夫婦そろって都に向かうことにした。早朝に駿府城を出て、急ぎに急いで夕方に浜松城に着いた。

家康は於大《おだい》の方に見舞いの品を届けてほしいと頼まれていたので、浜松城に泊まることにしたが、朝日姫は夜通し駕籠を走らせて京都に向かいたいと言った。

「わたくしたちにとってかけがえのない母親です。死に目に会えなかったら、生涯悔いが残りますので」

行かせてほしいと懇願した。

「しかし、体は大丈夫か」

「疲れたら止まるように頼みます。ご迷惑はかけません」

「分かった。決して無理をしてはならぬぞ」

家康は揺れが少ないように六人で担ぐ大型の駕籠に朝日姫を乗せ、本多忠勝と榊《さかき》原《ばら》康政に警固を命じて出発させた。

　於大の方が見舞いに用意していたのは、浜名湖産のうなぎだった。脂の乗った形のいいうなぎを五匹、水を張った樽《たる》に生きたまま入れている。

「以前、岡崎城で過ごされた時、大政所さまはとてもおいしいと言って召し上がって下されました。これを食べて元気になられるように、於大が申していたと伝えて下さい」

　心配のあまり身を揉《も》むようにしながら、於大は秘伝のタレを入れた徳利《とっくり》を家康に押し付けた。

「私が都へ行って料《りょう》って差し上げたいのですが、足手まといになっては迷惑です。お万《まん》を連れて行きなさい」

「お万を、どうして」

「お万には料理の仕方を教えてあります。このタレがあれば同じ味が出せるはずです」

「都には名のある料理人がたくさんいます。わざわざ連れていかなくても」

　於大の気持ちは分かるが、あまり大げさなようで家康は気が進まなかった。

「都の料理は薄味でだちかんわと、大政所さまはおっしゃっていました。それにうなぎの肝《きも》など下品だと言って食べないそうです」

「肝を食べたのですか。岡崎で」

「ええ。大政所さまも気に入って、たくさん食べておられました。肝にはとても滋養があって精がつくのです」

強引に押し切られ、家康はタレの入った徳利を持たされたのだった。

翌日の夕方、岡崎城に着いた。

本多作左衛門重次らの挨拶を受けた後、家康はお万と登久《とく》姫、熊姫と対面した。

お万は二年前に大政所を迎えた後から岡崎城に移り、二人の養育係をつとめていた。

お万は四十一歳になるが、若い頃と少しも変わらずふくよかで艶《つや》やかな顔をしている。少しやせて首のあたりがすっきりとしていた。

登久姫は十三歳、熊姫は十二歳になり、少女から大人の顔立ちになりつつある。

家康は登久姫と小笠原秀政との縁組を決めているが、まだ誰にも明かしていなかった。

「二人とも見違えるように立派になった。よく仕付けてくれているようだな」

家康はそんな言葉でお万の苦労をねぎらった。

「わたくしはただ、お二人と楽しく過ごさせていただいているだけでございます。仕付けなどいたしておりません」

「少しやせたようだが」

「お二人と長刀《なぎなた》の稽古をしております。毎日体を動かしているせいでしょう」

「ほう、お登久は稽古が好きか」

「好きです。小母《おば》さまがとても上手に教えて下さいますから」

登久姫が配慮のある答え方をした。

「でもわたしの方が強いんですよ。ねえ、小母さま」

熊姫は負けず嫌いの性格がますます強くなっていた。

「お二人ともお上手です。今度おじいさまに稽古をつけていただきなさい」

「ほんと。おじいさま」

「良かろう。ただし容赦はせぬぞ」

家康は機嫌よく引き受け、二人を下がらせてからお万と向き合った。

「実は大政所さまの見舞いにそなたも連れていけと、母上からうなぎとタレを預かってきた」

「於大の方さまは大政所さまと意気投合され、姉のように慕っておられました。それゆえご心配もひとしおなのでしょう」

確かに於大は大政所と在所《ざいしょ》の言葉であけすけに語り合っていた。娘のように華やいだ母の声を聞くのは、家康にとって初めてのことだった。

「それにこの機会に、わたくしを上洛させてやりたいと思って下さったのでしょう」

「そうか。ならば、よろしく頼む」

上洛すれば息子の秀康と会うことができる。お万や於大がそう考えていることは分かっていたが、家康はあえて何も言わなかった。

翌朝五百の供を従えて出発しようとしていると、本多忠勝の使者が駆け込んできた。

「申し上げます。朝日姫さまの一行が池鯉鮒《ちりゅう》に着かれたところ、関白殿下からのご使者が到来されました。大政所さまのご容体は落ち着いたゆえ、ゆるゆると上洛されるようにとのお申し付けでございます」

使者はそう告げて忠勝からの書状を差し出した。

忠勝らはこのまま朝日姫の警固をして上洛する。家康は岡崎城で北条氏規の一行を待ち、一緒に上洛するようにと記されていた。

「殿が北条氏規どのを従えて上洛なされれば、関東の惣無事が成ったことを天下に示すことができる。関白殿下はそのようにお考えだそうでございます」

秀吉が命じたのなら従わざるを得ない。家康は出発を取りやめ、駿府城の朝比奈泰勝に急使を送って北条氏規を急いで岡崎城まで案内するように命じた。

六月二十二日に駿府城を出る時、氏規も近日中に出発する予定だと知らせがあった。それゆえ二、三日待っていればやって来るだろうと思っていたが、氏規は二十七日になっても到着しなかった。

家康は秀吉に急使を送って状況を知らせ、翌日雨の降る中を京都に向かって出発したのだった。

家康の一行は七月二日の正午過ぎに京都に着き、聚楽第西の丸の屋敷に入った。表門で秀吉の弟秀長と巨漢の藤堂高虎が出迎えた。

「ご上洛大儀にございます。朝日を母者の見舞いに寄越していただき、かたじけのうございました」

秀長は相変わらず腰が低かった。

「大政所さまのお加減はいかがでしょうか」

「お陰さまでいつもと変わらぬくらいに元気になり、床を離れることができました。大げさに騒ぎ立ててご足労をいただき、ご迷惑をおかけしました」

「元気になられたなら何よりです。着替えをしてお見舞いに参りますので」

家康は屋敷で旅装を解き、旅の汗を流して薄絹の大紋に着替えた。

都は風の通り抜けが悪く、真夏の蒸し暑さは尋常ではない。扇子《せんす》で首筋をあおいでいないと、汗がしたたり落ちるほどだった。

お万も水色の涼しげな小袖を着て薄紅色の帯を締めている。珍しいことにうっすらと化粧をしていた。

「うなぎはどうした」

「夕方にはお召し上がりいただけるよう、台所の者に下ごしらえを命じてあります」

玄関口には高虎が片膝立ちで待っていて、本丸に案内すると言った。

完成した聚楽第の豪華さ、美しさ、優雅さは筆舌に尽くし難いほどである。武家の城でありながら寝殿造りの雅《みやび》やかさを融合させ、建物ばかりか庭や石垣、堀にまで細かく心を配っていた。

「建物は甲良《こうら》大工と大和大工、石垣や堀は穴太衆《あのう》が手がけたものでございます。作庭は小堀正次《まさつぐ》（遠州の父）どの、石垣はそれがしが指揮をとりました」

高虎が生まれた近江の藤堂村（現在の甲良町）は、甲良大工や穴太衆と縁が深い。高虎は若い頃からそうした技術を身につけていたのだった。

本丸の奥御殿の部屋で大政所と朝日姫、秀長が待っていた。庭先に作られた瓜《うり》の棚に蔓《つる》が這《は》い、程良い日除《ひよ》けとなっているが、大きな葉と深緑色の丸い実は瓜とはちがっていた。

棚の下で笠《かさ》をかぶった下男が実を取っている。そう思ったが、下男の格好をしているのは秀吉だった。

「よう来や－した。ちょっと待っとってちょ」

両手で抱えるほどの大きな実を持って棚の下から出てきた。

「これはポルトガルの瓜でボウブラというそうなんだわ。カンボジアから伝わったもんでカボチャという者もおるがね。おみゃあさんに食べてもらおうと思って」

秀吉が手ずから取ってきたのだった。

「かたじけのうござる。大政所さまもご本復なされたようで、おめでとうございます」

家康はお万と並んで頭を下げた。

「このたびは朝日を遣わしていただき、ありがとうございました。お万さんまで来てくれて、でら有り難いわ」

大政所は少しやせていたが、血色も良く目力もあった。

「伯母からもよろしくお伝えするように申しつかっております。岡崎城では生涯の思い出となる楽しい時を過ごさせていただきました」

お万が於大の方から浜名湖名産を預かってきたと告げた。

「そりゃあ嬉しいがね。於大さんが焼いたうなぎはよう忘れん味だがね。お万さんが料ってくれるのやか」

「はい。秘伝のタレも預かって参りました」

「朝日、見てみい。お万さんは顔立ちがええで、薄化粧しただけでずいぶん女ぶりが上がるでしょー」

「本当ですね。お若くてうらやましいです」

朝日とお万も岡崎城ですっかり仲良くなっていたのだった。

「ほうしたら今夜は、うなぎとボウブラで酒盛りしよまい。家族水入らずでおっ母の本復祝いだがや」

秀吉はそう決めると、家康と秀長を禅寺風の書院に連れていった。違い棚には最新の地球儀と南蛮渡来の時計が置かれていた。

「よう来てくれた。お万どのまで連れて来てくれたで、おっ母は大喜びだて。のう小一郎」

「さようでございます。岡崎城で良くしていただいたと、何度も話しておりましたので」

「お万どのは秀康の母者と聞いとる。さぞ会いたいでしょー」

「そのように計らっていただければ、有り難く存じます」

家康はお万のために頭を下げた。

「任せてちょ。さっそく呼び寄せるで、好きなだけ一緒におったらいいがや」

秀吉はすぐに手配するように近習に命じ、北条家の問題に話を移した。

「北条はおみゃあさんの親戚でしょう。それでわしも遠慮しとったけど、これだけ虚仮《こけ》にされたらただちかんわ。今月中に使者が顔を見せな、帝に対する反逆と見なすと北条家に伝えてちょう」


翌日の午後、秀康と石川数正の嫡男康長が連れ立ってやって来た。

「関白殿下のお申し付けにより参上いたしました。羽柴三河守秀康でございます」

秀康は十五歳になる。四年前に遠江《とおとうみ》を発った時とは別人のように立派になっていた。

「ほう、三河守を名乗っておるか」

家康はお万と並んで対面した。

「はい。徳川さまが駿河大納言になられたゆえ、差しつかえあるまいと義父上がおおせになりました」

「九州征伐では立派な働きをしたと聞いた。初陣の手応えはいかがじゃ」

「大和大納言秀長さまの先陣をつとめさせていただき、豊前《ぶぜん》の岩石城《がんじやく》を攻め落としました。それがしは本陣にいて、重臣たちの働きぶりを見ていただけでございます」

「お万、何かたずねたいことがあろう」

家康が話を向けたが、お万は目を真っ赤にして泣くまいと歯を喰い縛っていた。

「わしはちと康長と話がある。後は頼む」

二人きりにしてやろうと、家康は康長をうながして別室に移った。

「よく守役をつとめてくれた。秀康の顔付きを見れば、どれくらいの器になったか分かる」

「末恐ろしいお方でございます。豊臣家の若武者の中でも、弓と乗馬の腕は抜きん出ておられます」

「そういえば大坂に行く前に、忠勝と康政が乗馬の才を誉めてくれたことがあった」

あれは三方ヶ原に遠乗りに出た時のことである。初めは我流の乗り方をしていた於義丸《おぎまる》が、二人の後を追っているうちに、いつの間にか正しい乗り方を修得していたという。

「ご気性もなかなか激しゅうござる。関白殿下の近習が秀康さまの乗馬の腕を試そうと、馬を当てに来たことがございました。すると秀康さまは即座に馬を当て返し、その者を一刀のもとに斬り捨てられました」

「殿下の近習を、斬り捨てただと」

「徳川家の生まれとはいえ、今は殿下の子としてこの場にいる。かかる無礼を働く者は、朋輩《ほうばい》とはいえ容赦はせぬ。そうおおせられました」

「さようか。殿下は何とおおせられた」

「見事な覚悟じゃ。皆も見習えと、笑っておられました」

康長は三十五歳になる。陰に陽に秀康を守ってきたことは、その口ぶりからうかがえた。

「関白どのの北条への備えはどうだ。出陣の仕度は進んでおるか」

「ととのっております。九州征伐の折に、軍勢の動員ばかりか兵糧、弾薬の輸送についても手立てができておりますので」

「もはや猶予はならぬということだな」

「関白殿下のご決断は早く、指示はすみやかです。二十万余の軍勢があっという間に動くのを見て、目をみはる思いがいたしました」

石川康長も秀康とともに九州征伐に出陣している。そこで秀吉の采配ぶりと統率のとれた軍勢の動きを目の当たりにしたのだった。

「さようか。何事も経験してみなければ分からぬものじゃ」

「申し訳ございません。父が不意の出奔をしたために、大変なご迷惑をおかけしてしまいました」

「あれには参った。三河の守りや軍勢の編成を根底から変えなければならなくなった」

恨みのひとつも言わずにはいられない気持ちだが、数正が出奔せざるを得なくなった事情はよく分かっている。家康はすでに数正と会って和解したと伝えて、息子である康長の肩の荷を軽くしてやった。

「今では数正がわしを救ってくれたとさえ思っている。人は何と言おうと、二人の心が通じあっていればすむことだ」

「かたじけのうございます。いつかまた殿の麾下《きか》に属し、先陣をつとめさせていただきとうございます」

　その日、家康は駿府城の朝比奈泰勝に急使を送り、北条氏規の上洛はいつになるか、はっきりした期日を確かめるように命じた。

　秀吉がすでに関東出陣の仕度を終えていることと、今月中に氏規が上洛しなければ帝への反逆と見なすという秀吉の意向を伝えた。

　これに対する泰勝の返使は、七日後の七月十日にやって来た。

「北条氏規さまは韮山城にとどまったまま、小田原からの出発の許可を待っておられるそうでございます」

　使者が告げた。

「おかしいではないか。すでに氏政どのは上洛に同意しておられるはずだ」

「ところが関白殿下が佐々成政《さつさなりまさ》どのに切腹を命じられたために、北条家の無事が保証されない限り、氏規さまを上洛させることはできぬとおおせでございます」

　佐々成政は小牧・長久手の戦いの時、家康と同盟して秀吉と戦った。ところが織田信雄《のぶかつ》が秀吉と和解し、家康も矛をおさめたために、天正十三年（一五八五）八月に秀吉に降伏した。

二年後の九州征伐で手柄を立て、肥後一国を与えられたが、成政の治政に反発した国衆が蜂起したために、周辺大名の援助を得てようやく鎮圧する事態となった。

この不始末を重く見た秀吉は、成政を摂津《せっつ》の尼崎《あまがさき》で蟄居《ちっきょ》させ、二ヶ月前の閏五月十四日に切腹させた。惣無事令を執行する役目を負った成政が、国人一揆《いっき》の軍勢に攻められて窮地におちいるようでは朝廷の威信に関わるからである。

これを知った北条氏政らは、秀吉の公儀としての公平性を疑い、自分たちも同じ扱いを受けるのではないかと警戒心を強めたのだが、今さらそんなことを言っても埒《らち》が明かない。

ともかく早急に氏規を上洛させなければ、秀吉の出陣を止めることはできないのである。

家康は危機感に駆り立てられ、朝比奈泰勝に再び書状を送った。その内容を現代語に訳すれば次の通りである。

「北条美濃守氏規の上洛が遅延しているので、重ねてその方に書状を送ります。一刻も早く上洛されるように申すことが肝要です。家康が京に逗留《とうりゅう》中に上洛されれば、取り成すこともできますので、氏規によくよく伝えて下さい。もしこれ以上延期するようなら、ひとまず帰国することにします。ともかく上洛する日限を知らせてくれるのを待っています」

何とか北条家を救いたいという家康の思いがあふれた文面である。これ以上遅れるようなら帰国するという一文には、北条家に決断を迫ろうとする切羽詰まった気持ちがにじんでいる。

これに応じて氏規は八月初めにようやく出発し、十日に岡崎城に入った。岡崎城からは案内役の榊原康政が同行し、十七日に宿所である相国寺《しょうこくじ》に着いた。

家康は寺の総門まで出て一行を迎えた。氏規の供は二百人ばかり、康政は百人ばかりをひきいていた。

「三河守どの、お待たせして申し訳ござらぬ。佐々どのが切腹を命じられたと聞き、兄たちが態度を硬化させておりましたので」

旅装束をした氏規が、陣笠を取って深々と頭を下げた。

「ともかくひと休みして下され。話はそれからでござる」

家康は宿所とされた相国寺の塔頭《たっちゅう》に氏規を案内した。

氏規は初めての上洛である。寺の巨大な総門や境内の広大さに圧倒されたようだった。

「鎌倉の寺が一番であろうと思うておりましたが、都の寺は別格でございますな」

「この寺は夢窓疎石《むそうそせき》どのを開山として、足利義満《よしみつ》公が建立されたものでござる。足利幕府がもっとも勢いがあった頃のことじゃ」

「兄氏政にも、早く都の様子を見てもらいたいものでござる。さすれば関白殿下には抗し難いと知るでしょう」

「氏政どのは十二月に上洛されるとのことだが、相違ござるまいな」

「それがしが上洛すると決まってからは、兄は隠居所に引きこもって誰にも会おうとしません。しかし兄が上洛しない場合には、主《あるじ》氏直が代わりに上洛するはずでござる」

「耐え難いと思われることもあると存じますが、武士の世から朝廷の世に天下の仕組みが変わったのでござる。新しい世にのぞむのだと腹を据えて対処していただきたい」

　秀吉と対面した時の氏規の戸惑いや反発を思い、家康は先回りして忠告せずにはいられなかった。

対面は八月二十二日に聚楽第でおこなわれた。

氏規は供の者たちを従えていたが、門内に入ることを許されたのは氏規と家老の朝比奈泰寄だけだった。二人は控え室で烏帽子《えぼし》、直垂《ひたたれ》に着替え、拝謁の場である広間に入った。

上段の間に秀吉が、その一段下に聖護院道澄《しょうごいんどうちょう》や菊亭晴季《きくていはるすえ》ら五人が座っている。道澄は近衛龍山（前久《さきひさ》）の弟、晴季は武田信玄の妹婿で、秀吉の関白任官を取り仕切ったと言われている。

下段には清華成《せいがなり》（清華家と同等の家格を与えられた武家のこと）をはたした織田信雄（尾張《おわり》内大臣）、徳川家康（駿河大納言）、羽柴秀長（大和大納言）、宇喜多秀家《うきたひでいえ》（備前宰相《びぜんさいしょう》）、上杉景勝《かげかつ》（越後《えちご》宰相）、毛利輝元（安芸《あき》宰相）以下十三人の大名が、黒い衣冠《いかん》姿で居並んでいた。

聚楽第の格式は、紫宸殿の朝議の場と同じである。着座の位置は官位によって決められ、無位無官の北条氏規は本来なら広間に入ることさえ許されない。

だが秀吉への使者なので、特例として庇《ひさし》の下の縁側に座ることを認められていた。

「韮山城主、北条氏規でございます。本日は主北条氏直の名代として、服属をお許しいただいたお礼に参上いたしました」

氏規が上座まで届くように声を張り上げた。

氏規は美濃守を、氏直は相模守を名乗っているが、これは朝廷から認められた正式のものではない。それゆえこの場では無位無官の地下人《じげにん》として扱われる。地下人は関白と直接話すことができないので、仲介役をつとめる家康が氏規の言葉を取り次いだ。

「北条氏規が主君氏直の名代として、服属の許しを得たお礼に参上したと申しております」

「さようか。出仕、大儀である」

秀吉の言葉を、家康が氏規に伝えた。

「お言葉かたじけのうございます。十二月中には主氏直か先代氏政がお礼に参上いたしますゆえ、よろしくお願いいたします」

氏規は氏直からの進物として太刀《たち》一腰、馬十疋《ぴき》、鷹《たか》十一本《もと》などを献上し、秀吉が進めている方広寺《ほうこうじ》大仏の建立に協力させていただく旨を伝えた。

「殿下に申し上げます」

中段に座った菊亭晴季が秀吉に向き直った。

「北条氏直は身共の縁者に当たりますゆえ、くれぐれもよろしくお願いいたします」

晴季は武田信玄の妹を娶《めと》っている。氏直は信玄の娘の子なので、晴季にとっては義理の姪孫《てっそん》に当たる。

この場に晴季が同席しているのはそうした縁故によるもので、北条家が近衛龍山に献上した金一千両（約八千万円）がかろうじて功を奏したようだった。

二日後、氏規は羽柴秀長の屋敷に招かれ、今後の服属の手続きや惣無事令の施行について説明を受けた。

八月二十八日には秀長にともなわれて参内し、帝に馬と太刀を献上して服することを誓った。

その足で聚楽第西の丸の家康邸を訪ね、これまで尽力してくれた礼を言った。

「お陰さまで北条家の無事を図ることができました。天下の仕組みが変わったとおおせられた意味も、骨身にしみて分かり申した」

「不本意なことも多かったと存ずるが、よく役目をはたしていただいた」

家康は氏規の労をねぎらい、家中の説得をよろしく頼むと言った。

氏規は翌二十九日に帰国の途につき、服属をめぐる氏政派と氏直派の熾烈《しれつ》な争いに巻き込まれることになったのだった。


年が改まり、天正十七年（一五八九）になった。

この年三月早々、家康は在京して沼田領問題に取り組まざるを得なくなった。北条家から秀吉に、真田《さなだ》家との間で領有を争っている沼田領の問題を解決してほしいという申し入れがあったからである。

この問題の発端は、天正十年に家康が北条家と和議を結んだ時、甲斐《かい》、信濃《しなの》は徳川家、上野《こうずけ》は北条家が領すると取り決めたことにあった。ところが真田昌幸は自領である沼田領を引き渡すことを頑強に拒んで北条家と戦いつづけたばかりか、上杉景勝と同盟して家康にも反旗をひるがえした。

この情勢を見た秀吉が上杉、真田を支援したために、家康は信濃を失う寸前まで追い込まれたが、天正大地震の後に秀吉と和解し、離反していた真田や小笠原貞慶《さだよし》を傘下におさめることができた。

しかし、その後も真田昌幸は一貫して沼田領の引き渡しを拒否したために、北条家は上野一国を引き渡すと約束した家康に責任があると言い出した。真田は徳川家の傘下に入ったのだから、家康が昌幸に命じて沼田領を引き渡させるべきだと言うのである。

「これまでさんざん殿の世話になっておきながら、何という言い草か」

そう言って憤る家臣もいたが、家康は辛抱強く対応することにした。

北条家では隠居していた氏政が力を取りもどし、秀吉に服従した氏直への批判を強めている。北条家中にはこれに同調する者も多いので、氏政らの意に添う形で問題を解決しなければ、氏直や氏規がますます苦しい立場に追い込まれ、秀吉に服属するという約束まで破棄することになりかねなかった。

北条家が使者として京につかわした板部岡江雪斎《いたべおかこうせっさい》との交渉が二ヶ月ちかくつづいたある日、家康のもとに思いがけない訃報が届いた。

「去る五月十九日に、お愛の方（西郷の局《さいごうつぼね》）さまがご他界なされました」

駿府城からの使者が告げた。

「お愛が、なぜ……」

家康は狐《きつね》につままれた気がした。

お愛はまだ三十八歳で、二月末に家康が駿府城を発つ時には、長松丸（秀忠）や福松丸（忠吉）とともに元気に見送ってくれたのである。

「一月《ひとつき》ほど前からお風邪を召されていたそうでございます。それが急に悪くなってみまかられたと、お愛の方の侍女たちが申しております」

（嘘であろう）

何かの間違いではないかと言いたかったが、使者の報告を受け容れるしかなかった。

「殿がご不在でござるゆえ、留守役の方々が酒井左衛門尉《さえもんのじょう》（忠次）さまを殿の名代として葬儀を執り行うことになされました。ご了解をいただきたいとのことでございます」

「わしはまだ京から戻ることができぬ。皆で取り計らうように伝えよ」

家康は留守役の者たちに書状をしたためようとしたが、頭も気持ちも乱れたままで何も書くことができなかった。

長年戦場《いくさば》に身をおいてきたので、人の死には数えきれないほど立ち会ってきた。

だが日常の平穏の中で身内を失うのは初めてで、不意打ちをくらったような衝撃があった。

書院の庭には紫陽花《あじさい》が薄紫色の清楚な花をつけている。少し離れたところに白い花を咲かせているのはクチナシのようである。

もう梅雨の時季かと、家康は空を見上げた。目の前の仕事に追われているうちに季節は過ぎ去り、十五年の間連れ添ったお愛の方は帰らぬ人となったのだった。

翌日、秀吉に呼ばれて聚楽第の本丸御殿に行った。執務用の書院で秀吉と秀長が待っていた。

「西郷の局どのが亡くなったと聞いたで。さぞ力を落としてまったでしょうー」

秀吉が丁重に悔やみをのべた。

「お心遣い、かたじけのうございます」

「局どのには優しゅうしていただいたと、朝日も感謝しとったんだて。これは気持ちばっかだが、供養の足しにしたってちょう」

そう言って金百両（約八百万円）の手形を差し出した。

「こんな時に気の毒やけど、北条家の問題をこれ以上先延ばしにできーへんもんで、おみゃあさんに来てもらったんだて。のう小一郎」

「さようでございます。北条家からの訴えと真田安房守《あわのかみ》（昌幸）らの証言を勘案し、関白殿下は次のような裁定を下されました」

秀長が書き付けを差し出した。

その冒頭には、北条家の訴えの理非について記してあった。家康が上野一国を引き渡す約束を守っていないという主張には根拠がない。そう判断したのである。

判断の根拠は、和睦の覚書に記された「手柄次第」という文言だった。

天正十年（一五八二）に家康と北条家が和睦を結んだ時、甲斐、信濃は家康が、上野は北条家が領有すると取り決めたが、それは互いの「手柄次第」という条件がつけられていた。

お互いが実力によって支配することを認め合ったもので、無条件に領有を保証したものではない。

その後家康は実力によって甲斐、信濃の領有化を実現したが、北条家は真田家から沼田領を奪い取ることができなかった。

そのために上野一国の領有をはたせなくなったのであり、家康が違約したかのように訴えているのは、手前勝手な言いがかりだと明確な判断を下したのである。

しかし北条家の立場にも配慮する必要があるので、沼田領三万石のうち沼田城を中心とした三分の二は北条家が、名胡桃《なぐるみ》城を中心とした三分の一は真田家の領有とする。

この裁定のために真田家が失った二万石分については、家康が信濃国内で代替地を与えることにする。

書き付けにはそう記されていた。

敵に降伏した時には、領地の三分の二を差し出すのが戦国時代の慣習とされているので、真田は北条に降伏したという扱いにして、沼田領問題の解決をはかることにしたのだった。

「駿河大納言どの、この裁定を認めていただけましょうか」

「むろん異存はございません。当家の立場に配慮していただき有り難い限りでございますが、北条家は納得しているのでしょうか」

「すでに板部岡江雪斎の了解を得ております。名目上は真田家を降伏させたことになるのですから、北条家の面目も立つはずです」

「小一郎が知恵を絞ってまとめてくれたんだて。これから沼田領の仕分けや替地のことで面倒かけるけんど、天下の無事をはかるためだと思うて力を尽くしてちょう」

秀吉がそう言った直後に、側近の石田三成が入ってきて何やら耳打ちした。

「なんだて、本当か」

「医師の見立てでは、今日明日にもと」

「どえりゃあことだがね。わしはすぐに淀《よど》城に行くで、小一郎、後のことは頼んだがね」

秀吉は喜色を浮かべ、三成を従えてあわただしく出て行った。

「何か火急のことでござろうか」

家康は秀吉のあわてぶりに呆気《あっけ》に取られていた。

「これまで内密にしておりましたが、関白殿下はお茶々さまを側室にして、淀城に住まわせておられます」

そしてもうすぐ子が生まれると、秀長が仕方なげに答えた。

「茶々どのに、お子が」

にわかには信じられないことである。秀吉は五十三歳、茶々は確か二十一になるはずだった。

「石田治部《じぶ》（三成）が今日明日にもと申しておりましたので、産気づかれたのでございましょう。占いでは男子だというので、殿下は心待ちにしておられたのでござる」

生まれたのはそれから三日後、五月二十七日のことだった。秀吉は捨て子は丈夫に育つという縁起をかついで棄丸《すてまる》と名付けた。後の鶴松《つるまつ》である。

秀吉の喜び様はひと通りではなく、棄丸の加護を願って神社仏閣に多くの寄進をしたが、巷では不穏な噂《うわさ》が流れるようになった。

秀吉には正室のおねや多くの側室がいるのに、一人も子供が生まれていない。だから棄丸も実子ではないという。

これが事実かどうかは当事者にしか分からないことである。だがそうした風評にさらされて威厳を傷つけられたことが、後の秀吉の施策に大きな影響をおよぼすのだった。

六月四日、秀吉は大坂城に諸大名を集めて棄丸の七夜の祝いを行った。

淀殿と棄丸は淀城にいるので出席はできないが、七夜の祝いを盛大に行うことで豊臣家に世継ぎが誕生したことを天下に知らせたのだった。

「わしはこれまで子宝に恵まれなかった。それゆえ養子を迎えるしかなかろうと思っていたが、このたび茶々が棄丸を産んでくれた。織田家の血筋を残せという、亡き信長公のお計らいとしか思えぬ。これでわしと信長公の血統がひとつになり、棄丸に受け継がれることになったのだ」

大広間に集まった三百名をこえる重臣や大名たちの前で、秀吉は織田家の血ということをひときわ強調した。

家康はそれを聞きながら、秀吉は内心、織田家の縁者にならなければ信長の後継者の座は盤石《ばんじゃく》ではないという恐れを抱きつづけていたのだと気付いたのだった。

翌日、家康は京都を発った。駿府城に着いたのは六月九日である。

まず仏間に入り、お愛の方の位牌と遺骨に手を合わせた。四十九日までは遺骨を城内にとどめ、やがて城下の龍泉寺《りゅうせんじ》に埋葬する予定だった。

家康は骨壺《こつつぼ》を床に下ろして蓋を開けてみた。お愛の方がたったこれだけの骨になっている。その現実を受け容れようと、半刻《はんとき》（約一時間）ばかりもじっと向き合っていた。

次に長松丸と福松丸を呼んだ。家康が武田勝頼《かつより》と高天神城《たかてんじん》をめぐって激しい戦いをくり返していた頃に生まれた二人も、すでに十一歳と十歳。前髪姿のりりしい少年に成長していた。

「不意に母親を失い、お前たちも悲しく辛《つら》い思いをしていることであろう」

家康は二人を労《いたわ》り、今の気持ちはどうだとたずねた。

「淋しいですが、悲しくも辛くもありません」

長松丸が強い口調で言い切った。

「母上はみまかられる時、御仏《みほとけ》のもとに参るのですから何も心配することはないとおおせになりましたから」

「福松、お前はどうだ」

「母上が可哀《かわい》そうです。父上がもどられるまで、元気でいたいと言っておられたのに」

お愛に似たまつげの長い目から、福松丸がぽろぽろと涙を流した。

家康は胸を衝かれて目を赤くしたが、こうした時だからこそ言っておかなければならないことがあった。

「わしもお愛を失って悲しいし淋しい。留守の間にこのようなことになって無念でならぬ。だが盛者必衰《じようしやひつすい》、会者定離《えしやじようり》はこの世の常なのだ。この意味は分かるな」

「はい、父上」

「母上に『平家物語』を教わりました」

二人が負けじと答えた。

「ならばいつもそのことを胆《きも》に据え、何があってもたじろがぬ覚悟を定めておくことだ。そうして母上の名に恥じぬ生き方をしなければならぬ」

だからこれだけは守ると、ひとつだけ声に出して母上の前で誓っておけ。家康はそう迫った。

「強くなります」

福松丸が即座に答えた。

長松丸（秀忠）はしばらく考え、ためらいがちな目を家康に向けた。

「どうした長松、遠慮はいらぬぞ」

「母上を忘れません。ありがとうございました」

長松丸が骨壺に向かい、両手をついて頭を下げた。茶道の稽古を積んでいることが分かる美しい所作である。

（ほう、この子は）

家康が長松丸に期待の目を向けるようになったのは、この時からだった。

翌日、家康は朝比奈泰勝を呼び、北条家の状況についてたずねた。

「氏規どのから書状をいただいた。今年中に氏政どのが上洛されるそうだな」

「さようでございます。沼田領の問題を解決していただいたので、氏政さまの了解を得ることができた。氏規どのはそう言って、殿に大変感謝しておられました」

「氏直どのはどうじゃ」

「事が治まった後には、督姫さまを連れて駿府にお礼に行きたいとおおせだそうでございます」

「それは楽しみなことだ。この上は関白殿下のお申し付けに従い、北条家も万全の計らいをするように伝えてくれ。所領の引き渡しに当たって、わずかな小競り合いも起こしてはならぬ」

「実はそのことについて、気がかりがございます」

泰勝が急に表情を険しくして、奥州の伊達家と芦名《あしな》家の戦いについて語った。

家康が京都を発った六月五日、伊達政宗は二万余の軍勢をひきいて芦名領に攻め込み、摺上原《すりあげはら》の戦いに大勝して芦名家を滅ぼした。

これは秀吉の惣無事令に真っ向から盾突く行為である。だが戦勝に意気盛んな政宗は、結束して秀吉に対抗しようと北条家に呼びかけている。

北条一門や重臣の中には、これに心を動かされている者もいるという。

「政宗め、口では恭順を誓っておきながら」

腹ではこんな計略を進めていたのである。関東、奥羽の惣無事を命じられた家康にとって、見逃すことのできない事態だった。

「先に芦名が仕掛けてきたゆえやむを得ず防戦したと、伊達どのは言っておられるそうでございます」

「そのような言い訳はもはや通らぬ。政宗の言葉に惑わされるなと、氏規どのに念を押しておけ」

一月後の七月十日、秀吉は真田昌幸に書状を送り、沼田領分割を見届けるために上使を駿府城に派遣するので、嫡男信之に案内させるように命じた。

同じ書状が七月十四日に駿府城の家康のもとにも届いた。信之は真田家が服属する証人として、この年の二月から駿府に出仕し、本多忠勝の娘との縁談も進んでいた。

家康は榊原康政を呼んで秀吉の意向を伝えた。

「上使はいつもの富田一白と津田盛月だ。そちは真田信之を連れ、沼田まで同行してくれ」

「承知いたしました。出発前に信之を御前に召し、お言葉をかけていただけませぬか」

康政は四十二歳の働き盛りである。徳川家を代表する名将との評判も高いが、人柄がおだやかで思慮深いので、武将としてよりも外交において手腕を発揮していた。

「信之はいくつじゃ」

「二十四でございます」

「奴《やつ》に不満はないが、親父《おやじ》どのは賢い狐よ。油断すると付け込まれる」

だから家康は信之をあえて冷たく突き放している。そうしておけば昌幸も用心して、勝手なことはしないだろうと考えていた。

「沼田領の裁定には、内心承知できぬと思っているはずじゃ。それゆえ隙あらば奪い返そうと計略をめぐらしておろう」

「どのような隙でございましょうか」

「康政、そちが昌幸ならどうする」

「北条家を挑発して先に攻めさせ、惣無事令に背《そむ》いたと訴えます。さすれば関白殿下も裁定を白紙にもどされましょう」

「白紙どころか、北条家の存続に関わる大事になりかねぬ。仲介をした我らの責任も問われることになる」

真田昌幸が沼田領に固執するのは、関東と越後を結ぶ交通の要衝だからである。

上杉軍はこの道を通って北関東にたびたび侵攻したが、平時には日本海側と太平洋側の産物が行き交う交易路なのである。

沼田領を押さえておけばその交易に関銭《せきせん》（通行料）をかけることができるので、真田家の重要な財源になってきた。

それをわずか三万石の領地と算定され、替地として信濃の内に二万石を与えられても、昌幸としては承服できるはずがない。

（必ず何か仕掛けて来る）

そんな予感がするだけに、家康は康政を信之に同行させて万全を期すことにしたのだった。

七月二十三日、秀吉からの使者二人が駿府城に到着した。わずか五十騎を従えたばかりである。

家康は榊原康政を立ち会い人、真田信之を案内役として同行させ、五百の兵を警固につけて沼田領に出発させた。

それでもまだ充分でない気がする。

この七年、北条家と真田家は沼田領をめぐって激しい争いを演じてきたし、互いに対する怨念も深い。まるで火薬庫のようなもので、わずかな火種で大爆発を起こしかねないのである。長年沼田を領してきた真田昌幸なら、この情勢を自在に操って北条家を手玉に取るだろう。

家康の懸念は日に日に強くなり、八月二十七日に自ら甲府に向かうことにした。

名目は沼田領の替地として真田に与える伊那郡の処置をするためだが、本音は甲府にいて真田昌幸に圧力をかけるためだった。

　八月末に甲府の躑躅ヶ崎《つつじがさき》の館に入った家康は、さっそく昌幸を呼びつけて釘を刺した。

「伊那郡のうちで替地にする所も決まり、国衆の了解も得ることができた。そちもすみやかに知行替えを進めてくれ」

「かたじけのうございます。すでに当家でも沼田領、岩櫃《いわびつ》領の家臣たちに伊那に移る仕度をするように命じてあります」

「領地割りの手筈もととのえておろうな」

「ただ今家臣たちの希望を聞き、調整を進めているところでございます」

　昌幸は相変わらず飄々《ひょうひょう》たる態度で、本音をつかませない周到な物言いをした。

「伊那衆には川中島四郡に移ってもらうことになろう。やがて信之にも、本家とは別に二万石ばかりを与えるつもりだ」

「殿は戦わずして信濃一国を所領になされました。感服するばかりでございます」

「所領はもはや大名家のものではない。我々は朝廷から預け置かれた領国を知行するだけの立場になった。惣無事令とはそれを認め、すべての判断を公儀にゆだねることだ」

どんな理由があろうと、もはや私戦は許されぬ。家康は厳しく念を押して昌幸の計略を封じようとした。

九月一日、秀吉の裁定通り沼田領の三分の二は北条家に引き渡され、北条氏邦の家老の猪俣邦憲《いのまたくにのり》が沼田城に入った。

真田家の者たちは所領を出てひとまず名胡桃城に移り、伊那郡の所領に移る仕度を進めたのだった。

家康は沼田領の分割を見届け、九月二十六日に甲府を出て駿府に向かった。

これで関東の惣無事がはかれる。そう思うと肩の荷が下りたようで、新雪におおわれた富士山をながめる余裕を取りもどしていた。

ところが十一月早々に事件が起こった。

沼田城の猪俣邦憲が真田勢といさかいを起こし、勢いにまかせて名胡桃城を乗っ取ったというのである。

「真田昌幸どのからの知らせでござる」

榊原康政が取り次いだ書状には、相州の北条家が信州真田の城を一つ攻め取ったので、これから合戦に出ると記されていた。

（あの野郎）

家康は久々に血が逆流するような怒りを覚えた。状況はまったく分からない。だがこれは昌幸が仕掛けたことにちがいないと、直感的に察していた。

そうでなければ、「さがみより信州真田の城を一つとり候間、手出しにまいり候」などと余裕綽々《しやくしやく》の書き方をするはずがなかった。

「そちは信之を連れてすぐに沼田領に向かえ。私戦を中止させ、双方の言い分を聞き取っておくのだ」

事は一刻を争う。これ以上戦いが拡大する前に手を打とうとしたが、昌幸はこうなるのを待ち構えていたのだから、派手に名胡桃城を攻めているにちがいなかった。

二日後、北条氏規からも使者が来た。取り次いだのは朝比奈泰勝である。

「これは真田が仕掛けた罠だと、氏規どのはおおせでございます」

「どういうことだ」

「詳しくは、これを」

泰勝が差し出した書状には、氏規らしい几帳面《きちようめん》な書体で事のいきさつが記してあった。

十一月一日、真田家の使者が沼田城に駆け込み、上杉勢が攻めて来るので至急援軍を出していただきたいと訴えた。

猪俣邦憲がどうした訳だと問いただすと、上杉勢が間近に迫り、名胡桃領は川中島四郡の替地として当家に与えられたので、即刻城を明け渡すように強要しているという。

ならば一大事と猪俣邦憲が一千の兵をひきいて名胡桃城に駆けつけたところ、いきなり暗がりから銃撃を受けたので、上杉勢とばかり思って反撃した。

ところが倒れていたのは、六文銭の旗を背負った真田の兵だったというのである。

「それで、北条勢はどうした」

「真田勢に名胡桃城の出口を封じられ、城内にとどまって防戦しているそうでございます」

「何ともうかつなことだな」

家康は罠にはまった北条勢にも腹が立った。そんなにころりと騙《だま》されて、これまでの努力を水の泡にするとは何事かと言いたかった。

それにしても真田昌幸の鮮やかな手口は、秀吉のやり方によく似ている。ずる賢く抜け目がなく証拠を残さない。

本能寺の変の前後にしてやられた時の悔しさを思い出しながら、家康の脳裡にひとつの疑念が浮かんだ。

（まさか……）

これは秀吉の差し金ではないか。弟の秀長らに説得されて沼田領の分割に応じたものの、本当は北条家を潰したかった。

そこで昌幸に言いふくめて、「火薬庫」に火を投げ込んだのではないか。

（そうでなければ、上杉勢が攻めて来るなどという芝居を打つことはできまい）

疑いは大きくなるばかりだが、もはや真偽を確かめる術《すべ》はなかった。

第二章

小田原征伐

秀吉の動きは早かった。

十一月二十日には北条討伐の軍勢を来年三月に出陣させると決定し、各大名に石高に応じて軍役《ぐんえき》をはたすように命じた。

また長束正家《なつかまさいえ》を奉行に任じ、豊臣家の直轄領から兵糧米二十万石を集め、船で駿河の江尻《えじり》（清水港）まで運んでおくことや、馬二万疋分の飼料を用意しておくことを命じた。

これほど手早く対応できたのは、九州征伐の経験があったからである。従来は出陣中の兵糧や飼料は各大名が自弁していたが、秀吉は上から支給することで国家の軍隊へと改変しようとしたのだった。

そして十一月二十四日には、北条氏直にあてた五ヶ条の「弾劾状」を送った。これは宣戦布告状で、もはや開戦は決定的となった。

同日、秀吉は家康にも書状を送り、北条家に上使をつかわしたことを伝え、小田原征伐について相談したいので、上洛するように命じた。

上使である富田一白と津田盛月は十二月一日に駿府城に到着し、氏直への弾劾状の写しを家康に示し、北条討伐が決定するまでのいきさつを伝えた。

翌日、家康は二千の兵をひきいて駿府を発ち、小田原城攻めの打ち合わせをするために京都に向かったのだった。

家康が駿府にもどったのは十二月十九日だった。十日に京都に着き、小田原攻めについて秀吉から指示を受け、十三日にはあわただしく帰国の途についたのである。

状況は最悪だった。

「駿河大納言、おみゃあさんに任せておけば心配あるみゃあと思っとったけど、残念なことになったにゃ」

秀吉は顔を合わすなり、北条家を討伐して領国を召し上げ、跡地を家康に治めてもらうと申し渡した。

これは現在の領地から関東に移封させるというに等しいが、北条家との仲介に失敗した家康に反論することはできなかった。

（やはり、名胡桃城の一件は）

北条家ばかりか家康をも標的にした罠だったのだと、秀吉のやり口の凄まじさに改めて兜を脱ぐしかなかった。

その上、長松丸の縁組を命じられた。織田信雄の娘小姫《おひめ》を秀吉の養女にして、長松丸と妻《めあ》わせるという。つまり、人質である。

「実は朝日姫の具合が良うならんのだて。万一のことがないとも限らんもんで、用心しとったがええと思うんだて」

朝日姫は昨年六月に上洛して以来聚楽第に住んでいたが、ここ三ヶ月ほど病のために療養していた。ところが快復のきざしが見られないので、他界した場合に備えて長松丸との縁組をするというのである。

家康も本丸の奥御殿で臥せっている朝日姫を見舞ったが、病のためにやせ細った姿を見て、長くは生きられないかもしれないと胸を痛めたのだった。

果たすべき課題は多く、前途は多難である。

家康は竜爪山《りゅうそうざん》から吹き下ろす冷たい北風に吹かれながら、重い気持ちで駿府城の門をくぐったのだった。

翌日、天守閣の最上階に重臣たちを集め、今後のことを話し合うことにした。

何事かとおっ取り刀で集まったのは、酒井忠次、石川家成、大久保忠世、本多忠勝、榊原康政、井伊直政など十数人。それに本多正信、鳥居元忠、平岩親吉らも、赴任先の甲斐国から駆けつけていた。

「ご足労をいただき、かたじけのうござる。本日は北条家との戦について話し合うために集まっていただきました」

近習頭の松平康忠が進行役をつとめ、これまでのいきさつを語った。

「上野の沼田領をめぐって、北条家と真田家は天正十年（一五八二）以来争ってきました。北条家は関白殿下と服属の交渉をするに当たり、この問題を解決してほしいと求めました」

松平康忠は関東全体の絵図を示し、これまでの事情に通じていない者にも分かるように話を進めた。

「関白殿下の裁定により、北条家が沼田領の三分の二、真田家が三分の一を領有することに定められました。そうして所領の引き渡しも無事に終わったのですが、十一月早々に沼田城主の猪俣邦憲が名胡桃城を奪い取るという事件を起こしました。真田家は強奪されたと訴えていますが、北条家では真田家から助けを求められて援軍を入れただけだと主張しております」

北条氏政や氏直も同様の主張をして家康に取り成しを求めてきたが、秀吉はまったく相手にせず、非は北条家にあると決めつけて小田原征伐を決定したのである。

「関白殿下は弾劾状を相国寺鹿苑院《ろくおんいん》の西笑承兌《さいしょうしょうたい》どのに作成させ、二人の上使を北条家につかわして通告なされました。その写しを我らも拝見しましたが、これまでのいきさつを記し、北条氏政どのが約束通りに上洛しなかったことや、名胡桃城を奪取した不実を責める厳しいものでございました」

秀吉はその上で家康を呼び寄せ、北条家との仲介に失敗した不手際を責めた上で、小田原攻めの先陣をつとめるように申し付けた。

「そればかりでなく、北条家の討伐を終えた後には、関東は当家が治めるように命じられました。これは当面のことではなく、知行替えを行うということであろうと思われます」

康忠の言葉に重臣たちがどよめいた。小田原攻めの軍議になるとばかり思って馳せ参じたのに、知行替えをされるとは寝耳に水である。そんな馬鹿なことがあるかと、皆の目の色がみるみる変わった。

「康政、真田と北条の言い分はどちらが正しいのじゃ」

酒井忠次が沼田領の分割に立ち会った榊原康政にたずねた。

「事件が起こった時には、それがしはすでに帰国しておりました。しかし現地に残した家臣の報告によれば、北条家の言い分に理があるようでございます」

「ならば何ゆえ、関白殿下にそのように申し上げぬのだ」

「まずは真田家に、事の真偽を質《ただ》しました。すると次のように返答して参りました」

榊原康政が告げた真田家の弁明は次のようなものだった。

沼田城の猪俣邦憲は、名胡桃城代である鈴木重則《しげのり》の家臣中山九郎兵衛《くろべえ》を寝返らせ、重則が所用で城を留守にした隙に中山と示し合わせて城を乗っ取った。

そこで真田勢は城を奪い返すために攻め寄せたが、戦の最中に中山は討死し、鈴木重則は責任を取って切腹したので、証人はいないというのである。

「一方、北条家は真田の罠だと言い張り、関白殿下から事件の首謀者である猪俣を引き渡すように命じられても、応じようとしないのでござる」

「まさに上方《かみがた》の思う壺でござるな」

本多正信が相変わらず斜に構えた物言いをした。

「弥八郎、それはどういう意味じゃ」

酒井忠次が険しい目を向けた。

「知れたこと。真田と関白殿下は通じているのでござる。しかも北条家を潰すばかりでなく、当家の領地を奪おうという算段でございましょう」

「ならば理は北条家にある。我らはそのことを関白殿下に訴え、正邪を明らかにすべきではないか」

「そんなことをすれば、当家の責任はもっと重くなりましょう。何しろ真田は当家の配下ですからな」

正信の言葉に重臣一同唖然《あぜん》とした。

これこそ将棋の王手飛車取り。どちらに罪があろうと、家康に責任を負わせられる手なのである。だとすれば北条家を詰ませるほかに策はなかった。

「正信が申す通りじゃ。わしも悪い予感がしていたが、これほど巧妙な策があるとは思わなかった」

家康は自分の非を認め、この上は秀吉が命じた通り小田原攻めの先陣をつとめるしかないと言った。

「国替えの話は確かにあったが、正式に決まったわけではない。先陣働きに落ち度がないようにせよという脅しかもしれぬ。それゆえ出陣にあたっては、何ひとつ付け込まれることがないようにしなければならぬ。皆もその覚悟で仕度にあたってくれ」

秀吉のことだ。出陣中にわざと失策を誘い、減封や転封の理由にするかもしれなかった。

翌日、家康は浅井継之介《あざいつぐのすけ》を呼んだ。

継之介は浅井長政の一門で、小谷《おだに》城が落城した時にお市の方と三人の娘を守って織田方に投降した。その後お市の方が柴田勝家に嫁いだので北ノ庄《きたのしょう》城に同行し、家康への使いを二度つとめた。

一度目はお市の方が、甲斐に出陣していた家康に棒鱈《ぼうだら》や縮羅《しじら》を贈った時。二度目は落城する北ノ庄城と運命を共にしたお市の方が、自決する直前に遺髪と歌を贈った時である。

二度目の役をはたした継之介は、自決してお市の方の後を追おうとした。それを察した家康は、お市の方の三人の娘の行く末を見届けるために生きよと命じた。

そして馬廻り衆に取り立て、一千石の所領を与えて身寄りの者を養えるようにしたのだった。

「実は折り入って、頼みたいことがある」

家康は率直に用件を切り出した。

「何なりと、お申し付け下されませ」

「倅長松丸の近習頭になってもらいたい。禄《ろく》は三千石に引き上げよう」

「それは……、いかなることでございましょうか」

継之介の額には大きな刀傷がある。北ノ庄城から脱出する時、秀吉勢に襲われて手負ったのだった。

「来年早々、関白殿下の養女と長松丸が祝言を挙げる。倅はそのまま都か大坂に留め置かれよう。その間、そちに守ってもらいたい」

「身に余るお言葉でござるが、何ゆえそれがしに」

「そちのように実直な者に、倅の側《そば》にいてもらいたい。それに茶々どのが関白殿下の側室になられたことは存じておろう」

「うかがっております」

「茶々どのは殿下のお子を産まれ、お世継ぎの母として豊臣家を左右できるほどのお立場になられた。それゆえそちが倅の側にいてくれれば、茶々どのに懇意にしていただける道も開けると思うのだ」

「茶々さまが、お世継ぎを」

継之介は知らなかったようである。一瞬愕然《がくぜん》とした表情をしたが、すぐに気持ちを立て直して承諾の返事をした。

家康はその場に長松丸を呼び、豊臣家との縁組が決まったことを告げた。

「相手の小姫はまだ六歳ゆえ、形ばかりの祝言となる。その後、都の聚楽第か大坂城で暮らすことになろう」

「証人（人質）ということでございますか」

長松丸は驚いた様子も見せず、家康を真っ直ぐに見つめた。

「当家と豊臣家、そして小姫の実家である織田家の和をはかる大事な役目だ。分かるな」

「はい、父上」

「わしも八歳から十一年間、今川家の証人となっていた。辛いことも多かったが、その経験が今のわしを育ててくれた」

不意に家康の胸に熱いものがこみ上げた。わが子にあんな苦労はさせたくないが、秀康につづいて長松丸まで手放さざるを得なくなったのだった。

「小田原攻めの出陣も迫っておるゆえ、来年早々には出発してもらう。その前に元服式を行い、この浅井継之介が近習頭をつとめる」

「浅井でございます。一命に替えて、若殿をお守りさせていただきます」

継之介が深々と頭を下げた。

「浅井と言えば、浅井備前守《びぜんのかみ》どのの縁者か」

「長政公の又従兄弟《またいとこ》に当たります。お市の方さまに仕えておりました」

「よろしく頼む。そのうちにそなたの向こう傷の由来など教えてくれ」

長松丸は継之介の手を取り、にこりと笑った。


天正十八年（一五九〇）になり、家康は四十九歳になった。

お愛の方の喪に服している徳川家は、門松も立てず正月の祝いもしなかった。一月七日に身内だけで長松丸の元服式を行い、秀吉の意向に従って名乗りを秀忠と定めた。

翌朝は一面の雪景色だった。

夜半から降り始めたぼたん雪が一尺ばかりの厚さに積もり、あたりを白銀色の世界に変えている。それが昇ったばかりの朝陽に照らされ、たとえようもない美しさだった。

秀忠は四肢たくましい漆黒の馬に乗り、守役や侍女、浅井継之介ら二百人ばかりを従えて京都に向かった。

（しばらくは会えまい）

家康はそう覚悟していたが、秀吉は思いがけない計らいをした。聚楽第で形ばかりの祝言を挙げ、すぐに帰国を許したのである。

秀忠らの一行が駿府城に着いたのは一月二十四日のことだった。

「ただ今もどりました」

秀忠が浅井継之介を従えて挨拶に来た。急に大人びたようだった。

「どうした。何があったのだ」

「義母上《ははうえ》さまが十四日にお亡くなりになりました。私が上洛する二日前のことでした」

「それで帰国を許されたか」

「義母上さまがいまわの際に、長松丸を帰国させてやってほしいと、関白殿下に頼んで下されたそうでございます」

「朝日姫さまは殿下に、三河守さまは表裏なきお方ゆえ、信頼をもって接してほしいと頼まれた。殿下は涙を流しながら、そうおおせになりました」

浅井継之介が秀忠の足らざるところを補った。

「さようか。朝日が助けてくれたか」

家康が朝日姫と祝言を挙げたのは三年八ヶ月前。まさにかりそめの夫婦だったが、互いを思う気持ちは通じ合っていたのだった。

二月七日、家康は酒井家次（忠次長男）、本多忠勝、榊原康政、平岩親吉、鳥居元忠、井伊直政ら先陣の諸隊一万五千を出陣させた。

二月十日には一万五千の本隊をひきいて駿府を発ち、沼津の三枚橋《さんまいばし》城に向かった。

総勢三万は小田原攻めの大名の中でも頭抜けている。当時の陣立書によると、家康の領国は百石につき五人を出兵させているので、軍役の対象は六十万石だったことが分かる。

これは徳川家の直轄領だったと思われるが、定かなことは分かっていない。一方の北条家の兵力は三万四千余というので、両者の勢力がほぼ拮抗（きっこう）していたことがうかがえる。

　三枚橋城に着いた家康は秀吉勢の到着に備えて城の内外に陣小屋を造ったり、富士川に舟橋を架けたり、宿場ごとに接待のための茶亭をもうけるなど、裏方の仕事に追いまくられた。

　そして二月二十四日には軍勢をひきいて長久保城に移り、北条家が箱根路の途中に配した山中城と対峙《たいじ》することになった。

　翌日、家康は三枚橋城で織田信雄勢一万五千を迎えた。家康とは因縁のある滝川雄利が侍大将をつとめていた。

　三月三日、羽柴秀次《ひでつぐ》が一万五千の軍勢をひきいて三枚橋城に到着した。配下には小牧・長久手の戦いで家康が討ち取った池田恒興の子輝政や、森長可《ながよし》の弟忠政がいる。身方になったとはいえ、内心複雑な思いを抱いているはずである。

　そうしたわだかまりを解いておこうと、家康は本多忠勝、榊原康政、井伊直政を従えて秀次の本陣を訪ねた。

　羽柴秀次は本丸御殿の広間で待ち受けていた。秀吉の姉であるとも（日秀尼《にっしゅうに》）の長男で、二十三歳になる。

小牧・長久手の戦いで徳川勢に大敗したのは六年前、十七歳の時のことだ。その失策を挽回すべく、紀州雑賀《さいか》攻めでも四国攻めでも手柄を立て、近江《おうみ》のうち四十三万石を与えられている。

小田原攻めに当たっては直属軍一万五千、配下の大名衆一万五千の指揮を任され、東海道軍の総大将をつとめていた。

「本日は対面をお許しいただき、かたじけのうござる。朝日の逝去に際しては、丁重なるお心遣いをいただきありがとうございました」

家康はまず礼を言った。朝日は秀次の叔母に当たるので、悔やみの使者をよこしたのだった。

「叔母上は死の間際に、駿河大納言どのは表裏のない方だとおおせられたと、関白殿下からうけたまわりました。若くして亡くなられたのは残念ですが、幸せな数年を過ごさせていただいたようで、お礼を申し上げます」

「過分なお言葉、かたじけない。本日はお願いしたいことがあり、この三名を連れて推参いたしました」

本多忠勝、榊原康政、井伊直政は、いずれも小牧・長久手の戦いで華々しい働きをしている。その顔ぶれを見ただけで、秀次は用件を察したようだった。

「少々お待ち下され」

近習に命じて池田輝政と森忠政を呼び、家康に挨拶させた。

恒興の子輝政は二十六歳で、おだやかで思慮深そうな顔立ちをしている。忠政は二十一歳。鬼武蔵《おにむさし》と呼ばれた森長可の弟だけあって、気性の激しそうな武張った顔をしていた。

「お二方に引き合わせていただき、かたじけのうござる。小牧、長久手ではあのような仕儀になりましたが、身方となったからには力を合わせて北条勢に対していただきたい」

「実は関白殿下から、駿河大納言とともに出陣し、戦の仕方を教えてもらえと命じられております。こちらからご挨拶に伺うべきところでした」

「それは身に余るお言葉でございます。よろしくお願いいたしまする」

家康はおだやかに応じたが、秀吉は失策を誘うために秀次勢と組ませたのではないかという疑いを捨てきれなかった。

「池田、森の両名も、異存はあるまいな」

羽柴秀次が輝政と忠政の意向を確かめた。

「無論でござる」

二人は口をそろえて応じたが、目の底には納得しきれない感情が宿っていた。

「ならば今日から我らはひとつの軍勢でござる。ついては陣中法度《じんちゅうはっと》も同じにすべきと存ずるが、いかがでござろうか」

家康は間髪《かんはつ》を容れずに申し入れた。

「おおせの通りでござる。それで構いません」

「かたじけない。それでは忠勝、当家の法度をご披露申せ」

用意してきた書状を、本多忠勝が即座に秀次に差し出した。

家康が先月諸将に配布した「十五ヶ条の軍法」で、第一条には「御朱印御諚《ごじょう》のむね、違背《いはい》申す輩《やから》においては、その身の事は沙汰に及ばず、妻子ともに罪過におこなうべき事」と記されている。

また、将兵が抜け駆けして手柄を立て、身方同士の争いになることを防ぐために、第四条で次のように定めている。

「先手《さきて》をさしこえ、高名せしむというとも、軍法をそむくの上は、妻子以下まで成敗すべきこと」

いずれも妻子まで誅殺《ちゅうさつ》すると定めた厳重な法度だった。

「聞きしに勝る厳しさでござる。さすがに大納言どのは海道一の弓取りでございますな」

秀次は驚きを隠さなかったが、共有を拒もうとはしなかった。

「お誉めにあずかり恐縮でござる。もし当家の軍勢で違背する者がいたなら、この三人にお伝え下されば。即座に厳重な処分をさせていただき申す」

家康が忠勝と榊原康政、井伊直政を連れて来たのは、こうした姿勢を明確に伝えておくためだった。

三月十九日、秀吉は三万の軍勢をひきいて駿府に着いた。翌日、家康は降りしきる雨の中を沼津から駿府城までもどり、本丸御殿で秀吉と対面した。

「おみゃあさんには苦労をかけるの。どんな城を造ったかと楽しみにしとったがねー。聞きしに勝る立派さだなも」

秀吉は天守閣の壮麗さや縄張りの確かさを手放しで誉めた。

「かたじけのうございます。織田内大臣さま、羽柴中納言どのにも沼津にご着陣いただき、伊豆方面の備えは万全でございます」

「北陸や信州からも、上杉景勝や前田利家らが四万ちかい軍勢をひきいて上野に迫っとるんだわ。宇喜多秀家や長宗我部《ちょうそかべ》元親の水軍は伊豆の下田城に向かっとる。小田原城を攻め落とすに手間はいらんでなぁ」

秀吉麾下の総勢は軽く二十万をこえる。この機会に関東ばかりか奥州までも平定すると意気盛んだった。

「関東、奥州の惣無事はおみゃあさんに任せとる。頼りにしとるで、腕のあるところを見せてちょ」

「ついてはひとつお願いがございます」

天下統一を早期に成しとげるためにも、北条家との激戦はさけたほうが良い。そこで小田原城を包囲し、敵の降参をうながすべきである。家康はそう進言した。

「わしも同じ考えなんだて。支城、端城《はじょう》を攻め落とし、小田原城を丸裸にして押し詰めれば雑作《ぞうさ》もにゃあでしょうー」

「早々と開城させるためにも、北条家の存続を許し、わずかなりとも替地を与えていただきとう存じます」

「ほうか。氏直はおみゃあさんの娘婿だで、何とかしてやりてゃあと思うのは無理もにゃあわ。だが、どうするかは、相手の出方を見て決めるもんだで」

家康は二十二日に長久保城にもどり、三月二十七日に三枚橋城に行って秀吉の着陣を出迎えた。

織田信雄勢、羽柴秀次勢が駐留しているところに秀吉勢三万が入るのだから、総勢は六万をこえる。沼津には将兵の陣小屋が建ち並び、巨大な軍都になったようだった。

秀吉はさっそく大広間で軍議を開いた。側には浅野長吉《ながよし》、黒田官兵衛、増田《ました》長盛、石田三成らを従えていた。

「一気に箱根峠を越えて小田原城に迫ることが肝要でござる」

台の上に広げた絵図を指しながら、長吉が秀吉の指示を伝えた。

「そこで山中城には徳川どのと羽柴秀次どの、韮山城には織田内府さまの軍勢に向かっていただき申す」

明日のうちに持ち場につき、明後日の卯《う》の刻（午前六時）から総攻撃にかかるという。

「山中城には松田康長、北条氏勝《うじかつ》以下およそ四千。韮山城には北条氏規以下三千五百ばかりが立てこもっており申す。これをひと息に攻め落とし、小田原城の者たちに力の差を見せつけることが肝要でござる」

「ひとつ、よろしゅうござるか」

家康が声を上げると、秀吉麾下の武将たちがいっせいに目を向けた。

「山中城は一日で落とせると存じます。その後、我らは小田原城下に急行して、陣屋普請に当たらせていただきとうござる」

「ほう、先に乗り込んで有利な攻め口を確保したいとおおせられるか」

浅野長吉が皮肉な物言いをした。

「さにあらず。それがしは関東の惣無事を命じられておきながら、北条を従わせることができませんでした。そのために関白殿下はじめ皆様にご足労をかけることになり申した。それゆえ先に小田原城下に行き、皆様方の陣所を作らせていただきたいのでござる」

「駿河大納言の物言い、殊勝である」

秀吉が即座に申し出を許した。

「ならば山中城攻めの先手は、それがしにお申し付け下され」

羽柴秀次が身を乗り出して皆を見回した。

「徳川どのに戦の仕方を教えてもらえと、それがしは殿下から命じられております。それゆえ城攻めの先手をつとめ、戦ぶりを見ていただきとうございます」

「よう申した。白山林《はくさんばやし》での恥をすすぐにはまたとない機会じゃ。羽柴一門の名誉にかけて、立派に先陣をつとめよ」

これは天下平定の戦ゆえ、他勢に先陣を任せるわけにはゆかぬ。秀吉はそう言いたげだった。

評定を終えると、家康は長久保城にもどって明日の出陣に備えた。

大手の箱根路は羽柴秀次勢三万が進み、徳川勢は搦手《からめて》の間道を行くことになっている。馬一頭がようやく通れるほどの細くて急な道なので、山中城に行くだけでも一日がかりだった。

家康は本多忠勝と榊原康政を呼んで状況をたずねた。

「山中城の攻め口は確かめたか」

「おおせの通り峠の方に回り込めば、雑作《ぞうさ》もなく落とせると存じます」

忠勝は下見をすませ、城の後方に回り込む道があることを確かめていた。

「ならば三百ばかりの鉄砲足軽を回り込ませ、頃合いを見て撃ちかけよ。城兵のために逃げ口を開けておき、落ちるに任せるのじゃ。康政、尺木《しゃくぎ》の用意はできたか」

「五千本の尺木を用意いたしました。不足分は小田原城下に着いてから手配いたします」

榊原康政に抜かりはなかった。

尺木とは胴まわり一尺（約三十センチ）、長さ八尺ばかりの丸太で、柵を結う時に用いるものである。家康は長篠《ながしの》の戦いの時も七千本の尺木を持ち込んで馬防柵を作らせたが、今度は小田原城を攻める諸将の陣地を作るために運ばせることにしたのだった。

「ならばそちは尺木運びの人足たちを指揮して殿軍《しんがり》をつとめよ。山中城を落としたなら、箱根湯本《ゆもと》の鷹ノ巣《たかのす》城まで進軍する」

三月二十八日、秀次勢三万は箱根路を、家康勢三万は間道を進軍し、夕方までに山中城攻めの配置を終えた。

　翌二十九日の早朝から激戦となり、秀次勢の先陣をつとめた一柳直末《ひとつやなぎなおすえ》が銃撃されて戦死したほどだが、城兵はわずか四千ばかりで援軍の見込みもない。

　しかも城はふもとから攻めて来る敵に備えて築いているので、後方の防備が手薄である。本多忠勝が手はず通り背後に回り込んで銃撃すると、北条氏勝らは小田原城に向かって敗走し、城は正午前には陥落した。

　家康はそのまま鷹ノ巣城まで進撃し、北条勢を追い払って宿所とした。ここから小田原城まではわずか二里（約八キロ）足らずだった。

　翌日、家康は康政や忠勝ら先陣部隊一万五千を先発させ、小田原城の西を流れる早川沿いの高台に尺木を打ち込んで陣地を築かせた。

　その陣地に後詰めの将兵五千を残して北条勢の攻撃に備え、残りの一万を動員して小田原城の北側にせり出した尾根にも十ヶ所ばかり尺木《き》を打ち込んだ。

　その間に鷹ノ巣城に残った本隊は周辺の山から尺木を伐り出し、四月三日に小田原城北側の陣地に入った。先陣部隊はそれを待って城の東側に回り込み、寺や神社を占拠して陣地を築いた。

翌日には羽柴秀次勢三万が到着し、城の北側の陣地に布陣した。そのため徳川勢は城の東側に移動し、酒匂川《さかわ》を背にした陣を敷くことになった。

翌四月五日、秀吉の本隊三万が城の西側に布陣を終え、秀吉は箱根湯本の早雲寺《そううんじ》を本陣とした。初代北条早雲の遺言で建立された北条家の菩提寺である。

家康はさっそく早雲寺に出向き、秀吉に状況を報告した。

「お申し付けの通り布陣を終えました。小田原城内に立てこもる兵は三万五千余。住民は五万にのぼるものと思われます」

「ほう、なんで城内のことまで分かったんだてー」

何か不都合なことでも起こったらしく、秀吉は八日ほど前に三枚橋城で会った時とは別人のように機嫌が悪かった。

「北条家はいまだに城門を開け、関東各地から駆けつける将兵や住民を受け容れております。しかし城にこもった者の中には、関白殿下の軍勢を見て勝ち目はないと見切りをつけて、城兵の隙を見て逃げ出している輩も結構おります」

そうした者たちを捕らえ、城内の様子を聞き出したのだった。

「そうかや。わしは氏直の嫁になったおみゃあさんの娘が、知らせを寄こしとるんでないかと思っとったんだて」

「さようなことをすれば娘の身に危険が及びますので、連絡を取らぬようにいたしております」

「まー、気が揉めるがね」

「その代わりに、手の者を住民にまぎれ込ませて城内に入れております」

家康は何もしていないわけではないと伝えようと、服部半蔵の配下を入れていることを明かした。

「将兵も住民もどんどん入らせればええわ。人数が増えるほど兵糧も早く喰い尽くすもんで、おみゃあさんの狙い通りになるでよう」

「狙いと申されますと」

「戦になる前に開城させるということだがや。陣所作りを買って出たのも、そうした魂胆があったからでしょー」

何だろう。誰かが家康の悪口でも吹き込んだか、それとも他に理由があるのか。

家康は秀吉の豹変《ひょうへん》の理由が分からないまま早雲寺を後にしたのだった。

事件は四月八日に起こった。北条方となって早川口の守備についていた皆川広照《みながわひろてる》が、百人ばかりの家臣をひきいて城を脱出し、秀吉配下の木村吉清の陣に投降したのである。

広照は下野《しもつけ》皆川城（栃木県栃木市）の城主で、家康が甲斐で北条氏直と戦った時には徳川方として参戦した。小牧・長久手の戦いに大勝した後、家康はいち早く広照に戦勝を知らせる書状を送ったほどだ。

ところが小田原征伐が始まると、広照は北条氏照に属して入城したのだった。

投降を受け容れた木村吉清は、小田原城の東側に布陣した家康のもとに皆川広照を連れてきた。

「駿河大納言さまは関東、奥羽の惣無事の責任者ゆえ処分を任せよと、関白殿下がおおせでございます」

吉清が報告した。

初め荒木村重《むらしげ》、次に明智光秀に仕えていたが、山崎の戦いの後に秀吉に馬廻り衆に取り立てられ、五千石を与えられていた。

「承知した。皆川どのとは旧知の間柄ゆえ、案内されるがよい」

家康は進んで応じたが、陣所とした寺の境内に入ってきた広照は一人ではなかった。宗匠頭巾をかぶった五十がらみの大柄な男をともなっていた。

「あの者は」

家康は吉清にたずねた。

「山上宗二《やまのうえそうじ》といい、千利休どのの高弟だった茶人でござる。北条家の茶頭《さどう》をつとめていたゆえ城内におりましたが、皆川とともに投降したのでござる」

二人は後ろ手に縛られ、本堂の軒先に引き据えられた。敵方だったとはいえ、あまりに手厳しい扱いだった。

「皆川広照と寺の外にとどめた家臣九十二名、ならびに北条家の茶頭山上宗二をお引き渡し申す。ご不審はございましょうか」

「ござらぬ。後のことはこちらで計らうゆえ、引き取られるがよい」

「ならばこの書状に、書き判をいただきたい」

吉清が受け取り状に署名を求めた。何でも杓子定規《しやくしじょうぎ》にしなければ気のすまない質《たち》のようだった。

吉清を退《さ》がらせた後、家康は二人の縛めを解《いまし》いて本堂で対面した。

「貴殿が小田原城中におられたとは思ってもおりませんでした」

いったいどういう訳だと、広照にたずねた。

「北条氏照どのの根回しによって、下野の国衆《くにしゅう》の多くが北条方となり申した。異をとなえれば滅亡は避けられぬゆえ、身方になって入城するしかなかったのでござる」

広照は四十三歳になる。細面で背の高い理知的な男で、和歌や茶道にも通じていた。

「こちらの山上宗匠とは、二年前に小田原に来られた頃から文のやり取りをしておりました。偶然城中でお目にかかりましたゆえ」

同行するよう説き伏せて脱出してきたという。

「山上宗二、号を瓢庵《ひょうあん》と申します」

宗二が軽く会釈をした。

堺の商家の生まれだが、肩幅の広いがっしりとした体付きで、意志の強そうな角張った顔をしていた。

「千利休どのの高弟と聞いたが」

「二十年間教えを受けましたが、事情があって御許《みもと》を離れました。二年前に関東に下り、北条家の世話になっておりました」

　宗二は人の目を真っ直《す》ぐに見て、自然体で話をする。井戸の底に真っ青な空が映っているような深みのある目をしていて、目を合わせると遠い天空へと連れて行かれるような気がした。

「北条家におられたのであれば、氏直どのやお督にも会われたかな」

「氏直さまには三度、督姫さまにも一度お目にかかりました。姫さまには大坂や堺の話をさせていただきました」

「確か、関白殿下にも茶の湯の手ほどきをしておられたと聞いたが」

「利休宗匠の代役を、たまにさせていただいておりました。構えた茶は私の性に合いません」

「皆川どの、今夜は庫裏でゆっくりと過ごされるがよい。風呂の用意などさせましょう」

　早々に広照を早雲寺に連れてゆき、秀吉から投降の許しを得なければならない。それに備えて、身ぎれいにしておいてもらいたかった。

　翌日、思いがけない来客があった。

「千利休さまがお見えになりました」

近習筆頭の松平康忠が、緊張した面持ちで告げた。茶道を熱心に学んでいる康忠にとって、利休は雲の上の存在だった。

「ご用は何だ」

「明日の件について、相談したいことがあるとおおせでございます」

家康は明日、皆川広照を早雲寺に連れて行くと決め、秀吉の承諾を得たばかりである。そのことについての打ち合わせだろうかといぶかりながら、利休と対面した。

「お久しゅうございます。お忙しい最中に、お手間を取らせて申し訳ありません」

利休は上方風の抑揚をつけた言い回しをした。

六十九歳になる。茶道の世界ばかりか、秀吉の側近としても絶大な力を持っていた。

「明日の件とうけたまわりましたが、何かお申し付けがあるのでしょうか」

家康は率直に切り出した。

「皆川どののことは問題ありません。以前に関白殿下に太刀と馬を献上しておられますので、投降を許すとおおせでございます」

「有り難い。まわりがすべて敵になったゆえ、小田原城に入らざるを得なくなったと、皆川は申しております」

「今日おうかがいしたのは、山上宗二のことでございます」

利休は幅広のぶ厚い唇を軽くなめ、言いにくそうに切り出した。宗二が皆川とともに投降したと聞き、秀吉が是非とも会いたがっているという。

「そこで明日、早雲寺に同道していただきたいのでござる。その前に宗二に会わせてもらえませぬか」

「構いませぬが、何か特別なご用でも」

外は小雨が降っている。特別な用がなければ、二里（約八キロ）も離れた箱根湯本からやって来るはずがなかった。

「お恥ずかしい話でござるが、宗二は以前に二度も関白殿下の逆鱗《げきりん》に触れて追放されております。それゆえ明日のお目通りの時には余程気をつけなければ、厳罰に処されることになりかねませぬ。そのことを宗二に伝えておきたいのです」

「先日伺候《しこう》した時、殿下はひどくご機嫌が悪いようにお見受けしました。何か不本意なことがあったのでしょうか」

「少しお疲れなのでしょう。それに奥羽の大名たちの参陣が遅いことに、苛立《いらだ》っておられるのかもしれません」

それは奥羽の惣無事を命じられた家康の責任だと、利休はさらりとほのめかした。

「承知いたしました。少々お待ち下され」

家康は松平康忠を呼び、宗二を連れて来るように命じた。

宗二は薄墨色の僧衣を着て、頭巾もかぶらず剃髪した頭をさらしていた。その静かなたたずまいは、禅に通じた高僧のようだった。

「宗二、長いことやったな」

利休は親しく声をかけたが、宗二は深みのある目を向けて軽く頭を下げただけだった。

「関白殿下がお前に会うと言うてはる。明日皆川どのとともに御前に伺候するんや」

「お言葉ですが、私はお目にかかりたくありません」

「伺候させよとは、関白殿下のご命令や。断ってすむ話やない」

「私が殿下と相容《あいい》れないことは、宗匠もよくご存じでしょう。お目にかかってもお叱りを受けるだけでございます」

「そやからおとなしくお叱りを受ければええ。そうして頭を下げとけば、わしが何とか取り成してやる」

そうしなければ投降を許されず、打ち首になりかねぬと、利休は膝を進めて宗二を説得しようとした。

家康は師弟の邪魔をすまいと席をはずし、後ろ手に襖《ふすま》を閉めて松平康忠に目くばせをした。廊下にいて二人の話を聞き取っておけという意味だった。


翌日は雨も上がり、雲ひとつない晴天になった。海も水平線の彼方《かなた》まで青々と広がり、新緑におおわれた山々と対峙している。箱根の尾根の向こうには、雪におおわれた富士山が、神々しいばかりに白く輝いていた。

家康は皆川広照と山上宗二を連れ、早川ぞいの道を箱根湯本に向かった。警固のために百騎ばかりを従えているが、鉄砲は持たせていなかった。

早雲寺に着くと浅野長吉と千利休が惣門前で出迎え、奥に案内した。長い参道を登ると御簾《みす》をかけた本堂があり、庭先に石田三成や黒田官兵衛ら秀吉の近臣が待ち受けていた。

家康と長吉、利休は床几《しょうぎ》につき、広照と宗二は境内に平伏する。降服者の伺候の形がととのうと、秀吉が冠に水干《すいかん》という関白の装束で御簾の奥に現れた。

「駿河大納言、役目大儀である」

御簾にさえぎられ、秀吉の姿は影のようにしか見えなかった。

「皆川広照。入城の事情については、報告を受けておる。投降を許すゆえ、今後は駿河大納言の指示に従うがよい」

「ははっ、有り難き幸せに存じまする」

広照が地面に額をすりつけて礼を言った。

秀吉はそれ以上何も言わなかった。御簾の奥の沈黙が長引くにつれ、重臣たちの緊張が高まっていった。

「御前に山上宗二が伺候しております。お言葉をたまわりとうございます」

利休が案じ顔で取り成したが、秀吉は黙ったままである。

緊迫していく空気にあおられたように、寺の背後の山でホトトギスがせわしなく鳴き交わしていた。

山上宗二には声をかけないまま、御簾の奥の秀吉は席を立った。

「方々《かたがた》、奥の中庭にお移りいただきたい」

石田三成が先に立って案内した。

本堂の奥に中庭があり、庫裏の一室に黄金の茶室がしつらえてあった。秀吉が千利休に作らせた金貼りの茶室で、畳表は猩々緋《しょうじょうひ》、障子には赤の紋紗《もんしゃ》が張られている。茶道具もすべて黄金造りだった。

茶室は組み立て式になっているので、どこにでも移動できる。秀吉は御所に運び込んで正親町天皇に披露したり、三年前の北野《きたの》大茶会《だいさのえ》で用いたりしていた。

家康らは縁先に置かれた床几に座り、皆川広照と宗二は中庭の地面に平伏している。そよ風に吹かれながらしばらく待つと、小袖と袴に着替えた秀吉が茶室の隣の間に腰を下ろした。

「宗二は無位無官ゆえ場を替えて詮議をいたす。無礼講じゃ、面《おもて》を上げよ」

秀吉の許しを得て、宗二がゆっくりと上体を起こした。

「そちは以前、茶の湯を極めたいので余に仕えることはできぬと申したな」

「申しました」

「それなのに北条家に仕えておるのは、どうした訳じゃ」

「仕えたわけではございません。城下に住まわせていただき、茶の湯の手ほどきをしているだけでございます」

「それで、茶の湯の奥義を極めたか」

「極めたなどとは申せませぬが、いささか分かったことがございます」

「ほう、それは何じゃ」

秀吉はよほど宗二に含む所があるらしい。言葉の端々《はしばし》に鋭い刺《とげ》があった。

「茶味と禅味を同じゅうすること。武野紹鷗《たけのじょうおう》宗匠が教えられたことでございます」

「その境地がいかほどのものか、余が見届けてやろう。この茶室で点前を披露いたせ」

「申し訳ございませぬが、お断りいたします」

「なにっ」

「茶の湯の基本は一座建立。主と客が心を通わすことにあります。押しひしがれるようにして点《た》てるものではございません」

宗二は澄み切った目で真っ直ぐに秀吉を見つめ、少しも動じなかった。

「関白殿下は上達ぶりを見たいとおおせなんや。押しひしごうとしてはるわけやない」

　利休がたまりかねて宗二を諭《さと》そうとした。

「禅の目ざすところは執着《しゅうじゃく》を捨て去り、涅槃《ねはん》の境地に至ることでございます。侘《わ》びの茶の湯も同じはず。黄金の華美な茶室で、侘びの境地を示すことはできぬと存じます」

　山上宗二は千利休に対しても思うところを言ってはばからなかった。

「この茶室は利休がしつらえたものじゃ。宗二、そなたは師匠のやり方が間違っていると申すか」

　自慢の茶室をけなされ、秀吉は宗二をねじ伏せなければ引き下がれない気持ちになっていた。

「間違っているとは申しておりません。師匠ははるか高い境地に至っておられますので、茶の湯の常道をはずれて右を左、東を西になされても妙味がございます。されど私のような凡夫は黄金に目がくらみ、この世の執着に引き戻されてしまうのでございます」

「この世の執着とは、どういう意味じゃ」

「黄金をあやつる財力、財力をほしいままにする権勢でございます。その茶室の中で茶を点てるには、黄金など色艶のある土くれと見なす境地に至らねばなりません」

「忘れるな。そちは北条方から投降してきた身じゃ。わしに従わぬなら、厳罰に処すこともできるのだぞ」

「宗二、関白殿下はそちの上達ぶりを見て、天下の役に立つなら取り立てるとおせなんや。そのご恩情を無にすることこそ、執着ゆえの我意とちがうんか」

利休が何とかこの場を収めようとした。

「師匠、梢《こずえ》を渡る風が心地ようございます。この音に耳をすまして天空の悠久を思うことこそ、松風《しょうふう》を吸尽《きゅうじん》して意塵《いじん》ならずの真意ではございませぬか」

「何を言うんや。今はそんな話をしとるんやない」

「地べたにばかり目をやらず、時には空を見上げて下され。執着を断つとは物にこだわらぬばかりでなく、己の命をも忘れはてることでございますぞ」

「宗二、地べたとは聞き捨てならぬ」

秀吉の金壺眼《かなつぼまなこ》が怒りと憎悪に異様な色をおびていた。

「そちが茶を点てぬと言い張るなら、この場で耳鼻を削《そ》ぎ、己の命を忘れるほどの境地かどうか確かめるまでだ」

「殿下、お待ち下され」

このままでは危ういと見て、家康は仲裁に入った。

「茶人は茶を点ててこそ真髄が分かると存じます。黄金の茶室では点てられぬと申すなら、庭先で野点《のだて》をさせてはいかがでございましょうか」

「駿河大納言、そちの出る幕ではない」

これは余と宗二の問題だと、秀吉は手厳しく拒んだ。

「どうじゃ貧乏茶人。命令に従って茶を点てるか。それとも耳鼻を削がれるか」

「先ほど申し上げた通り、我が身さえ忘れはてて、心を悠久の天地に遊ばせるのが侘びの目ざすところでございます」

「ならば遠慮はいらぬ。治部《じぶ》、宗二の耳を削げ」

「ははっ」

石田三成が即座に立ち上がり、宗二の後ろに回り込んで脇差を抜いた。

この有能な男は、秀吉が宗二を脅して屈服させようとしていることを察している。それゆえ脇差を逆手に持ち、切っ先を目に突き刺すように構えたが、宗二は深みのある瞳で秀吉を見上げただけだった。

三成は左の耳をつまみ上げると、魚の鰓《えら》に包丁でも入れるように切り落とした。僧形《そうぎょう》の頭から血が流れ出して首筋を伝ったが、宗二は表情ひとつ変えなかった。

三成は容赦なく右の耳も削ぎ落としたが、宗二は眉ひとつ動かさない。秀吉から目をそらし、裏山の梢の先に広がる青空を涼しげにながめた。

相変わらずホトトギスが鳴いている。その声と梢を渡る風の音に、思いを馳《は》せているようだった。

「ただの強がりじゃ。構わぬ。そやつの鼻も削いでしまえ」

秀吉は心の底に、出自や容姿に対する引け目を隠し持っている。日頃は知恵と社交性でおおい隠しているが、意のままにならぬことがあると、それが残忍さとなって噴き出すのだった。

「お待ち下され。それ以上は、何とぞ」

利休が床几を立ち、庭先に土下座して許しを請うたが、秀吉は怒りでどす黒く光る目でにらみ付けたばかりだった。

宗二は鼻を削ぎ落とされても屈しなかった。まさに命を忘れはてたように天空に目を向けている。そうした泰然さがいっそう秀吉を怒らせ、ついには境内の隅の草むらで首を打たれたのだった。

山上宗二の処刑の噂はまたたく間に敵身方の陣中に広まり、大きな波紋を呼んだ。

身方の将兵たちは秀吉の厳しい処罰に震え上がり、命令と陣中法度をより一層遵守《じゅんしゅ》するようになった。

小田原城に籠城している者たちは、秀吉の残虐さに怒りと不信を抱き、降伏したならどんな目にあわされるか分からないと態度を硬化させた。

異常な状況が疑心暗鬼を生み、さまざまな噂が飛び交った。その中には山上宗二の処刑に反発した徳川家康と織田信雄が、北条方に寝返るというものもあった。

おそらく北条方の密偵が意図的に流したのだろうが、秀吉配下の将兵の中には耳鼻を削ぐ非道なやり方に批判的な者も多く、噂は人から人へとまことしやかに伝わっていった。

こんな時に陣中で何かが起これば収拾がつかない混乱を引き起こし、北条勢に付け入られることになりかねない。それを案じた秀吉は、四月十五日に家康の陣所を訪ねた。

「たまには兄弟で茶でも飲もまい。織田内府がええ茶釜を手に入れた言うとったもんで、それで点ててもらうんだわ」

そう言って家康を誘い、織田信雄の陣所で茶会を開いた。

これで不穏な噂が一掃されたばかりか、茶席において奥州の伊達政宗や最上義光《よしあき》を早期に参陣させる手立てについても打ち合わせた。

陣所にもどった家康は、二人に書状を送ることにした。伊達には最上が近日参陣するので遅れをとらないようにうながし、最上には伊達の参陣のことを伝えて決断を急がせた。

その間にも関東各地では、北条方の城が次々と攻め落とされていた。四月中旬には伊豆の下田城、三浦半島の三崎城、武蔵の江戸城が開城している。

東山道《とうさんどう》からは前田利家、上杉景勝らの軍勢が侵攻し、碓氷《うすい》峠をこえて松井田城、箕輪《みのわ》城、厩橋《まやばし》城などを次々と落としていった。

小田原城は十万の人間を抱えたまま、亀が頭や手足を引っ込めるようにしてうずくまっている。籠城が長引けば秀吉勢の物資の補給がつづかなくなると考え、持久戦に活路を見出そうとしたのだった。

秀吉はその望みを打ちくだこうと、諸大名に妻子を陣所に呼び寄せるように命じた。自らも淀殿を早雲寺に呼び、五月二十九日には歓迎の茶会を開いたのだった。

六月五日、伊達政宗が参陣した。

秀吉の惣無事令に背いて会津の芦名氏を滅ぼした政宗は、小田原に出頭して詫びを入れるか、北条家に身方して戦い抜くか決心をつけかねていた。

ところが関東各地や小田原城の状況を聞き、北条家に勝ち目がないと分かると、五月九日に近臣百人ばかりを従えて会津を発《た》ち、越後を迂回して甲斐に入り、家康の家臣に案内されて箱根湯本の早雲寺に着いた。

秀吉はすぐには許そうとせず、湯本の奥地にある底倉《そこくら》で謹慎して沙汰を待つように申し付けた。

その報告を受けた家康は、このことを韮山城の北条氏規に伝え、一刻も早く開城して秀吉に詫びるように申し入れた。

六月七日付の書状を現代語に訳すと、次の通りである。

「取り急ぎ書状を送ります。以前にも早く開城するように申し入れましたが、承知していただけませんでした。この上は我らの指図に従い、ともかく城を明け渡して、氏政父子の行いを詫びることが大切です。詳しくは朝比奈泰勝が申しますのでお聞き届け下さい」

原文は「兎角《とかくま》先ず下城あって、氏政父子の儀御詫言《わびごと》専一に候」とある。北条家を助けたい家康の気持ちがにじみ出た文面で、使者には朝比奈泰勝をつかわしたことが分かる。

同時に家康は、小田原城内の氏直にも使者を送ることにしたが、手の者を使えば督姫に危害が及ぶおそれがある。そこで氏直との対面の段取りをつけ、織田信雄に使者を送ってもらうことにした。

家康は服部半蔵を呼び、氏直の側近の埒和豊繁《はがとよしげ》に連絡を取るように命じた。

「城を明け渡して詫びるなら、北条家の存続を計らうこともできる。その交渉のために織田信雄どのの家臣を使者に立てるゆえ、氏直どのに引き合わせるように埒和どのに頼んでくれ」

「承知いたしました」

半蔵は夜陰にまぎれて城内に忍び込み、交渉に応じるとの氏直の返答を持ち帰った。

そこで信雄の重臣の岡田利世《としつぐ》を六月六日に送り込み、夜を徹して氏直の説得に当たらせた。

利世が家康のもとに報告に来たのは、翌日の夜のことだった。

「北条氏直どのは助かりたいとは思わぬとおおせでございます」

「降伏はせぬと申すか」

「自分は責任を取って腹を切る。それゆえ籠城の家臣、領民の命を助け、暮らしが立ちゆくようにしていただきたいと」

岡田利世が感にたえない表情をして氏直の言葉を伝えた。

「苦労であった。その言葉を関白殿下に取り次ぎ、北条家が立ちゆくように計らうと、氏直どのに伝えてくれ」

家康はほっと胸をなで下ろすと同時に、氏直がもう少し早く覚悟を決めていたならと悔やまずにはいられなかった。

六月九日、秀吉は家康や織田信雄、羽柴秀次、宇喜多秀家、小早川隆景《こばやかわたかかげ》ら主立った者たちを早雲寺に呼び、皆の前で伊達政宗を引見した。

政宗は水縹《みずはなだ》（薄水色）の大紋を着て折烏帽子《おりえぼし》をかぶっている。幼い頃の病で右目を失い、独眼竜の異名をとっていた。

「伊達左京大夫《さきょうのだいぶ》政宗、お許しにより御前にまかりこしました」

政宗は二十四歳。平伏しながらも全身から潑剌《はつらつ》とした気を発していた。

「謹慎を命じられた気分はどうじゃ。もはや命はあるまいと覚悟したか」

秀吉は着陣以来初めて、機嫌のいい顔をしていた。

「底倉という地だけあって、地の底の黄泉《よみ》の世界にいるようでございました」

「面白いことを言う。底から出られるかどうかは、余の胸三寸にかかっておる」

「黄泉醜女《よもつしこめ》に追われております。何とぞお情けをもってお助け下され」

政宗は懐から竹の櫛《くし》を取り出してうやうやしく差し出した。

黄泉の国から逃げ出したイザナギが、湯津津間櫛《ゆつつまくし》を投げつけて逃げる時間をかせいだという『古事記』の話にならったものだった。

「面白い奴じゃ。その頓智《とんち》に免じて首だけはつないでやろう。ただし、会津の領有

け下されませ」

「会津ばかりか米沢の本領まで、関白殿下に献上いたします。意のままにおおせつ

を許すわけにはいかぬ」

「帝と余に忠誠を尽くし、奥州征伐の露払いをいたすか」

「家の総力を上げ、お役に立つ所存でござる」

「ならば米沢は残してやろう。励むがよい」

二人のやり取りは息が合っている。どうやら事前に下話をしているようだった。

伊達政宗は若いのに度胸がすわっている。しかも芝居気たっぷりで愛敬もある。

秀吉はすっかり気に入ったようで、政宗を笠懸山《かさがけやま》（後の石垣山）まで連れていった。

小田原城を見下ろすことができる山上には、四月初めから総石垣の城の普請が進んでいる。ところが北条方からは見えないように、城のまわりの森は残したままにしてあった。

「どうじゃ政宗、奥州ではこれだけの軍勢を見たことはあるまい」

秀吉は小田原城を包囲した十数万の軍勢をながめやった。

「ございませぬ。この陣容に比べれば、源平絵巻でさえ見劣りするほどでございま

す」

「良かったの。余に従わぬなら、この軍勢を会津に向けるつもりであった」

家康も山上まで同行したが、秀吉が政宗ばかり構うので、氏直の申し出を伝える機会をつかめないまま帰陣せざるを得なくなった。

改めて早雲寺に行って話をしようと思ったが、所用に追われて果たせないまま二日が過ぎた。六月十二日は朝から雨が降る蒸《む》し暑い日で、多くの将兵が陣小屋に座り込んで所在なく過ごしていた。

家康は関東や奥羽の諸大名に書状を書き、小田原攻めの様子を伝えて惣無事令に従うように呼びかけたが、手が汗ばんだり首筋を汗がしたたり落ちるので、なかなか思うように進まない。

しかも開け放った戸からヤブ蚊が入り、癇《かん》にさわる羽音をたてて飛び回るし、着物の上からでも容赦なく刺すので集中することができなかった。

苛々しながら仕事をつづけていると、夕暮れ時に服部半蔵がずぶ濡れになってやって来た。

「殿、よろしゅうござるか」

軒先に片膝をついてたずねた。

「どうした。何かあったか」

「城内で異変でござる。北条氏政どのの母上と奥方が自決なされたそうでございます」

「戦もないのに、どうしたことだ」

家康は首筋に取りついたヤブ蚊を思い切り叩《たた》いた。すでに血を吸われていて、てのひらに赤黒い血がべっとりとついた。

「氏直さまが降伏の交渉をしておられたことに激怒した氏政どのは、督姫さま共々成敗しようとなされたそうでございます。お二人はそれを止めるために自決なされたようでございます」

「解《げ》せぬ。氏政どのの奥方は継室《けいしつ》で、氏直どのの実母ではあるまい」

実の子でもない氏直を守るために、我が身を犠牲にするとは思えなかった。

「二人は氏直さまと同様に降伏すべきだと進言したゆえに成敗されたという噂もござる。あるいはこちらが事実に近いのかもしれませぬ」

「氏直どのとお督はどうした」

「御殿に監禁されているようでございます」

「そちはこれから城内に忍び入り、妍和どのに二人を守るように伝えてくれ。氏直どのが討ち果たされたなら、北条家を救う手立てはなくなるのだ」

家康はその旨を妍和豊繁あての書状にしたため、半蔵に持たせた。

翌日家康は、相談があるので至急お目にかかりたいと秀吉に申し入れた。ところが秀吉は、他の大名や重臣と会う約束があると言って先に延ばし、六月十六日にようやく早雲寺で対面に応じた。

家康は小田原城内の事態の急変を伝え、秀吉から正式に使者を送るように求めた。

「殿下が北条家の存続を認めると約束して下されば、氏政どのも降伏に同意なされましょう」

「そのことなら、わしも聞いたわ」

「ならば一刻も早く」

「おみゃあさんには気の毒やが、氏直が斬り殺された方が塩梅《あんばい》ええんだわ。そうなれば氏直派の者たちは氏政に刃を向けるもんで、同士討ちを誘った上で一気に片をつければいいがや」

　秀吉はすでに内通者を仕立てて準備をしていると言った。

「しかし、そうなれば何千もの死人が出て、城を無傷で手に入れることはできなくなります」

「氏政を降伏させたなら、おみゃあさんが北条家の面倒を見てくれや－すのか」

「面倒を見るとは」

「決まっとるがや。関東への国替えに応じるちゅうことだがね」

　秀吉は初めからそのつもりで、家康が受け容れざるを得ない時機を狙っていたのだった。

　家康はこの申し出に応じ、重臣たちにも国替えになることを告げた。

〈国《くに》かハリ近日之由候〉

　松平家忠は六月二十日の日記（『家忠日記』）に走り書きしている。覚悟はしていたものの、父祖の地を離れる衝撃は大きかったのである。

第三章

江戸入城

北条氏直が投降したのは七月五日のことだった。

朝から雨の降る蒸し暑い日だったが、わずかな近習を従えて小田原城の井細田口《いさいだぐち》を抜け出し、滝川雄利《かつとし》の陣所に走り入った。

巳《み》の刻（午前十時）過ぎに報告を受けた徳川家康は、松平康忠ら数人の近習を従えて雄利の陣所へ行った。

本陣とした神社の本殿には、すでに皆が集まっていた。上座には雄利の主君である織田信雄がつき、秀吉に命じられて北条家との交渉役をつとめた雄利と黒田官兵衛が両側に控えている。

左右には信雄の重臣や近くに布陣している大名たちが居並んで、中央に座った氏直を注視していた。

「駿河大納言どの、どうぞ、こちらへ」

雄利が立ち上がって席を空けた。

「かたじけない。立派に役目をはたしていただき、お礼を申し上げます」

家康は雄利ばかりか信雄と官兵衛にも丁重に頭を下げた。

「これも氏直どののご英断のお陰でござる。無事におさまって安堵いたした」

信雄が晴れやかな顔を向けた。

「おおせの通りでござる。氏直どの、さぞ辛い思いをなされたであろう。しかしご決断のお陰で、多くの将兵の命が救われたのでござる」

家康は小具足《こぐそく》姿の氏直に正面から向き合い、ねぎらいの言葉をかけた。

「お心遣い、かたじけのうござる。力及ばず、かような仕儀となりました」

目がくぼみ頰が削げ落ちたやつれぶりが、氏直の苦しみの大きさを物語っている。まだ二十九歳なのに老人のように生気を失い、左の頰には赤黒い痣《あざ》があった。

「傷を負われたようだが、大事ないか」

「何でもございません。この身を捧げて関白殿下に罪を詫び、他の者たちを助けてくださるよう懇願するために、こうして投降いたしました。よろしくお取り計らい下さいますよう、お願い申し上げます」

氏直が力なく言って深々と頭を下げた。

氏直は駕籠に乗せられ、早雲寺から石垣山城に移った秀吉のもとに連行されることになった。

家康も信雄や官兵衛らと馬を並べ、駕籠の後ろに付き従っていた。督姫や孫たちの安否が気がかりだが、誰にもたずねることができなかった。

小田原城の北側には蒲生氏郷《がもううじさと》、黒田官兵衛、山内一豊、羽柴秀次らの軍勢四万ほどが布陣している。そこを抜けて早川のほとりまで出ると、笠懸山の山頂に石垣山城が見えた。

秀吉は箱根湯本に着陣した直後から築城を開始し、わずか二ヶ月半ほどで総石垣の堅固な城を完成させた。

そして六月二十六日に入城したが、その前日に周囲の木を切り払わせたので、北条勢は一夜にして城が完成したと思って戦意を喪失したという。以来、石垣山の一夜城と呼ばれるようになったのだった。

城の大手口には小早川隆景、吉川広家《きつかわひろいえ》、島津久保《ひさやす》（義弘次男）らが布陣して守りを固めている。その間の道を登って真新しい本丸御殿に着いた。

庭には五七桐《ごしちのきり》の家紋を描いた陣幕が張られ、中央の床几で秀吉が待ち受けていた。北条氏直はその前に引きすえられ、家康らは秀吉の左右に席を占めた。

すると奥から北条氏規が現れ、皆に一礼して氏直と頭《かしら》を並べて平伏した。氏規は韮山城に立て籠もって防戦していたが、家康の勧めに従って六月二十四日に投降したのだった。

「北条左京大夫氏直、北条美濃守氏規でございます」

石田三成が呼び上げた。

「余は勅命をもって服属せよと命じた。それに背いて天下の争乱を招いた罪は重い」

秀吉は頭ごなしに決めつけ、何か言いたいことがあるかとたずねた。

「すべてはそれがしの不徳のいたすところでございます。この上は腹を切っておわび申し上げますので、他の者はお助けいただきとうございます」

氏直は覚悟の定まった物静かな態度で応じた。

「そちは勅命に服すべきだと言いつづけたと聞いている。ところが父氏政や叔父氏照にはばまれて、戦を避けることができなかったそうだな」

「……………」

「駿河大納言から、そのように聞いておる。相違ないか」

「すべては、それがしの……、落ち度でございます」

氏直が切れ切れに答えた。秀吉の言う通りだと認めれば、氏政や氏照を助けることができなくなる。しかし否定すれば、家康の立場を危うくしかねないのだった。

「そちが勅命に服そうとしたのが、事実かどうかたずねておる」

秀吉は鋭い目をして返答を迫った。

氏直が認めれば氏政、氏照を処罰できるし、ちがうと言えば家康に落ち度があったと皆の前で決めつけられる。いずれにしても今後の処遇を決める上で、大きな強みになると考えていた。

「恐れながら申し上げます」

氏規が額を地面にすり付けて、家康の報告に間違いはないと請け合った。

「それがしは主氏直に命じられて駿河大納言さまと、服属の交渉をしておりました。主は何とか兄氏政の上洛を実現しようと肝胆を砕いておりましたが、氏政、氏照に反対されて実現できなかったのでございます」

「さようか。ならば二人を助けるわけにはいかぬな」

「かくなる上は致し方ございませぬ。それがし共々、存分にお申し付け下され」

「良かろう。氏直の命を助け、高野山にて蟄居を命じる。氏規も同行して忠義を尽くすがよい」

秀吉は裁定を下して立ち上がったが、ふと思いついたように家康に声をかけた。

「駿河大納言、これで良いか」

「ははっ。かたじけのうございます」

「氏直はそちの娘婿ゆえ、無下にもできまい。別れの前に茶など点《た》てて、積もる話をいたすがよい」

秀吉は城の巽櫓《たつみやぐら》の二階に黄金の茶室を運び込み、小田原城を眼下に見ながら茶会ができるようにしている。その茶室を使えという意味だった。

家康は自分で点前をつとめ、氏直、氏規をもてなすことにした。以前聚楽第で客として招かれたことはあったが、黄金の道具で点前をするのは初めてだった。

「かような仕儀となりましたが、督姫も二人の娘も元気にしております。埒和豊繁に警固を命じておりますので、ご安心下され」

氏直は緋色《ひいろ》の鎧直垂姿《よろいひたたれすがた》になっている。それが猩々緋の畳表と同系色で、茶室の雰囲気にとけ込んでいた。

「ご配慮かたじけない。世の中が定まったなら、蟄居が解かれる日も来るであろう。その時にはわしもできるだけの助力をする。北条家の家名を残すために、身を慎まれることだ」

「関東にはお義父上が入封《にゅうほう》されると聞きましたが、まことでございましょうか」

「関東への国替えを、関白殿下に命じられておる」

家康は黄金の天目茶碗に点てた濃茶《こいちゃ》を、袱紗《ふくさ》を添えて差し出した。

「ならばひとつお願いがございます」

北条氏直は作法通り三口ですすり、呑《の》み口を懐紙で拭き上げて北条氏規に回した。

「当家はおよそ七十年にわたって関東を治めて参りました。初代早雲公の教えに従い、領民の年貢を軽くし村々の自治を尊重する治政を心掛けて参りました。そうした扱いを、これからも続けていただきとうございます」

「そのように領民のことを思っておられるなら、どうして戦になるのを止めて下さらなかったのでござる。小田原城を明け渡したとはいえ、関東各地の城では戦がおこなわれて多くの将兵が命を落とし、田畑は踏み荒らされた。氏直どののご決断ひとつで、こうした事態を避けることができたのでござる」

酷《むご》いとは思いながら、家康はそう言わずにはいられなかった。

「おおせの通りでございます。北条家を背負っていた時には見えなかったものが、何もかも失った今になってようやく見えて参りました。お義父上のご厚情の深さも身にしみております」

「主のせいではござらぬ。交渉役を命じられたそれがしの……、それがしの力が足りなかったのでござる」

氏規が膝頭を握りしめ、肩を震わせて涙を流した。

「兄氏政を刺殺し、北条家を救うべきだと思ったことが何度もござる。されど決心がつけられないまま破局を迎え、主をこのような立場に追いやってしまい申した」

「貴殿は十倍以上の敵に韮山城を攻められながら、三月ちかくにわたって城を守り抜き、北条家の武門の意地を天下に示された。これからは氏直どのを守り抜き、お家再興の日に備えていただきたい」

黄金の障子に張った赤の紋紗《もんしゃ》を透かして、小田原城の天守閣といくつかの櫓が見える。雨はいっそう激しくなったようで、まるで水に映ったように輪郭がぼやけていた。

七月六日には秀吉の近習二人と榊原康政が立ち会い人となって小田原城を受け取り、七日には北条家の将兵は武装を解かれて所領にもどって行った。

北条氏政、氏照は、城の三の丸に住む奥医師田村長傳《ながつぐ》に預けられた。

家康は七月十日に小田原城に入った。城は四重の構えになっている。一番外側が秀吉勢の来攻に備えて築いた総構《そうがまえ》で、全長二里半（約十キロ）にも及ぶ土塁と空堀をめぐらして城下町を守っている。

総構の三方には八ヶ所の門をもうけ、櫓や馬出し、桝形《ますがた》を配して守るに堅く攻めるにも便利な態勢を取っているが、北条勢が討って出ることはついになかったのだった。

城下には整然と町屋が並び、東海道ぞいには二階屋の商家がひしめいていて、宿場町としてのにぎわいをうかがわせるが、今はいずれの家も戸を固く閉め切っていた。

「去るも残るも勝手との触れを発しておりますし、家財の持ち出しも自由にさせております」

城の受け取り役をつとめた榊原康政が、家康を案内しながら状況を説明した。

「退去したのは、いかほどじゃ」

「まだ確かめてはおりませんが、残っているのは半数ばかりと思われます。商家や船主などの裕福な者は、家の守りを使用人に任せ、家財を持って立ち去っております」

　住民の中でも財力のある者ほど、北条家との結びつきが強い。その責任を問われることを恐れて避難したものの、再びもどれるようになった時のために、家や店に使用人を残して管理させているのだった。

「略奪や狼藉《ろうぜき》などは起こっておるまいな」

　家康はそれが気がかりだった。

　こうした時には退去する足軽や人足、町内のならず者などが、行きがけの駄賃のように盗みや強盗、時には人さらいまですることがあった。

「まったく起こっておりません。城の受け渡しがすみやかだったことも功を奏したのでしょうが、北条家の軍律と法度が厳密に守られていたのだと拝察しております」

　海岸線ぞいにつづく東海道は、やがて真西へと向きを変える。その突き当たりに小田原城の三の丸の土塁と空堀があった。

　厳重な大手門をくぐって先に進むと二の丸になり、中門がそびえている。二の丸のまわりには水堀をめぐらし、南西には馬出しのための馬屋曲輪《うまやぐるわ》が配してある。

二の丸の西側の小高い丘に本丸があり、天守閣がそびえている。その奥の八幡山《はちまんやま》のふもとに東曲輪があり、山上に三階の櫓がそびえていた。

「小田原城はもともと、八幡山に築かれていたそうでございます。北条家が勢力を拡大するにつれて、東側の平地に本丸、二の丸を新たに築いたのでござる」

榊原康政が城の成り立ちを説明し、籠城中は北条氏直が本丸に、父氏政が八幡山の三階櫓にいたと言った。

「お二人の仲が険悪になっていたために、顔を合わせて戦の手立てを相談されることもなかったそうでござる。家中も両派に分かれて争っていたそうですから、氏直さまが降伏なされたのも無理からぬことだったのでございましょう」

「お督と孫たちはどこにおる」

「本丸の奥御殿でございます。氏直さまのお計らいにより、つつがなく過ごしておられます」

家康は本丸につづく坂道を登り、常盤木門《ときわぎもん》を通って中に入った。

天守閣の下に壮麗な本丸御殿が築かれている。七年前に督姫を迎える時に、北条家の威信をかけて築いたもので、駿府城の本丸御殿に勝るとも劣らぬ風格があった。

御殿の広間に入ると、家康はさっそく督姫と孫たちを呼んだ。

嫁がせた後に娘と会うのは、これが二度目のはずである。一度目がいつ、どこでのことだったか、どうしても思い出せなかった。

何やら緊張する。娘や孫なのに胸騒ぎがするのは何故だろう。家康は自分の気持ちをつかみかね、扇子でせわしなく胸元をあおいだ。

「お見えになりました」

近習の松平康忠の声がして、襖が両側に開けられた。次の間に母娘三人が並び、深々と平伏していた。父親への礼ではなく、降人《こうにん》としての作法だった。

「遠慮は無用じゃ。ここに来て、孫たちの顔を見せてくれ」

「申し訳ございません。お聞き届けいただきたいこともございますので」

督姫は動こうとしなかった。

十九で嫁いだので二十六歳になるはずである。長女の千代姫は六歳、次女の万《まん》姫は五歳で、そろいの小袖を着て行儀良く座っていた。

「何じゃ、お督。聞き届けてもらいたいこととは」

「まず、このたびのことをお詫び申し上げます。主人は何としても関白殿下に従わねばならぬと申しておりましたが、まわりの状況がそれを許しませんでした」

「そのことなら、氏直どのと氏規どのから聞いておる」

家康は石垣山城の茶室で二人に茶をふるまった話をした。

黄金の茶室と伝えなかったのは、二人のみじめさを思ってのことだった。

「それはかたじけのうございました。残念なことになりましたが、大きな戦をすることなく城を明け渡すことができたのは、主人が降伏する決断をし、一門衆や重臣たちを説き伏せたからでございます」

「その通りだ。関白殿下もその手柄を認め、氏直どのを高野山に蟄居させることになされた」

「主人が皆を説得できたのは、関白殿下やお父上が北条家の家名を残し、家を存続させると約束して下されたからでございます。その約束を是非ともはたしていただきとう存じます」

督姫はすでに北条家の人間になりきり、夫や子供を守ろうと懸命である。それは家康が望んでいたことでもあるが、こんな風に対決するように迫られると心境は複雑だった。

「むろん約束は守る。氏直どのが早く赦免され、大名として取り立てていただけるように尽力するつもりだ」

「ありがとうございます。今は行く当てもございませんので、わたくし共をこの城に住まわせていただきとうございます」

「わしは国替えの後、江戸城を居城とする。そちらに移れば良いではないか」

「実は主人から家臣たちの暮らしが立ちゆくように計らってほしいと頼まれ、資金も預かっております。しばらくこの城に留まり、役目をはたしたいのでございます」

督姫は家康に似たあごの張った丸い顔をしている。決して美形ではないが、芯の強い決然とした態度は曽祖母に当たる源応尼や祖母の於大の方によく似ていた。

「良かろう。その役目を終えてから、江戸城に来るが良い」

「いえ。その後は聚楽第の徳川家のお屋敷に住まわせていただきとうございます」

「都に住んで、高野山に通うつもりか」

「いいえ。少し考えがございます」

督姫がはにかんだ顔をして、両脇に座らせた娘たちの肩を抱き寄せた。

「申してみよ。そうでなければ聞き届けることはできぬ」

「聚楽第にいれば、関白殿下とお目にかかる機会もあろうかと存じます。そうした折に、主人北条氏直の赦免やお取り立てをお願いしたいのでございます」

「さようか。そんな考えか」

娘から女のしたたかさを見せつけられ、家康は何とも言えない気持ちになった。

「よろしゅうございますか」

「良かろう。そのかわり小田原城にいる間に、やってもらいたいことがある」

「何でございましょうか」

「北条家の旧臣たちに廻状《かいじょう》を回し、すみやかに徳川家に従うように申しつけてもらいたい。そなたが取り次いだ者は、残らず召し抱えると約束しよう」

家康は督姫を新領統治のために使うことにした。転封《てんぽう》に当たって一番心配なのは、北条家の旧臣が一揆を結んで反抗することである。督姫ならそうした動きを上手に抑えてくれるはずだった。

七月十一日、北条氏政と弟の氏照が、田村長傳の家で切腹した。氏政は五十三歳。辞世の歌は、

雨雲のおほへる月も胸の霧も
はらひにけりな秋の夕風

氏照は四十九歳で、辞世の歌は、

吹くと吹く風な恨みそ花の春
もみぢの残る秋あらばこそ

そう伝わっている。
七月十二日には北条氏直が、北条氏規ら二十数名の家臣を従えて高野山へ向かった。
これで初代早雲以来百年ちかく隆盛を誇った小田原北条氏は事実上滅亡し、歴史

の表舞台から消え去ったのである。

七月十三日、秀吉は勝者として小田原城に乗り込み、本丸御殿に諸大名を集めて今後の方針を語った。

「皆の働きによって、思ったよりも早く北条家の片がついた。上杉謙信、武田信玄さえ落とせなかった小田原城を、わずか三ヶ月で落城させることができたのは、皆が新しい世を築かねばならぬと、心をひとつにして余に従ってくれたお陰じゃ」

秀吉は五十名ちかい大名たちを見回し、悠然と話をつづけた。

「だが、これですべてが終わったわけではない。戦で荒れた関東八ヶ国を再建しなければならぬし、奥州には余の命令を無視して参陣しなかった大名もいる。余はこれから会津に向かい、奥州の仕置と国割りを行う。そこで駿河大納言」

「ははっ」

家康はついに来たと覚悟を定め、大声を上げて平伏した。

「北条家の旧領の知行はそなたに任せる。江戸城を居城として、復旧に当たるがよい」

「承知いたしました。さっそく国替えの仕度にかかりまする」

「駿河大納言の所領であった三河、遠江、駿河、甲斐、信濃は織田内府（信雄）に、内府の所領であった尾張、北伊勢は羽柴中納言（秀次）に任せる。それぞれ帝のご信任に背かぬように、領国経営の実を上げよ」

秀吉は帝の意向であることを強調し、これからは領地領民の私有は許されなくなったことを分からせようとした。

これこそ織田信長が目ざしていた律令制の復活であり、大名は帝から領地を預かって統治するだけの存在となる。だから帝の命令であれば国替えにも応じなければならないと、家康、信雄、秀次を転封させることで示したのだった。

「ははっ。承知いたしました」

秀次は家康にならって大声で応じたが、信雄は虚を衝かれたように黙り込んでいた。

「織田内府、いかがいたした」

秀吉が鋭い目を向けて、早く応じよと催促した。

「あまりに突然のおおせゆえ、頭が混乱しております。しばらくお待ち下されませ」

「何を申す。今の領国の三倍もの広さを預けようというのだぞ」

「尾張は父祖ゆかりの地でございます。愛着もあり、領民ともなじんでおりますので、できれば今のまま知行をさせていただきとうございます」

「父祖ゆかりの地で、愛着があるだと」

秀吉は信雄の失言をすかさずとらえ、そのような不埒な者に大名たる資格はないと決めつけた。

「余は帝の信任を受けて国割りをしておる。今さら変えることはできぬが、不服とあらば転封に応ぜずともよい。五ヶ国は他の者に与えるゆえ、そちは風雅の道にでもいそしむが良かろう」

秀吉に恫喝《どうかつ》され、織田信雄は蒼白《そうはく》になって身をすくめた。

伊達政宗のように度胸の据わった男なら、戯《ざ》れ言《ごと》のひとつも言って秀吉を笑わせ、この場を切り抜けることもできただろう。ところが、変節をくり返して目前の困難から逃げてきた信雄には、そうした芸当をする胆力も能力もなかった。

「皆にも申し渡しておく。知行地などいらぬという者は、織田内府のように遠慮なく申し出るがよい」

秀吉はそう言い放って席を立ち、信雄の改易は動かせないものになった。

諸大名が秀吉を追うように立ち去った後、本丸御殿に残った家康のもとに信雄と飯田半兵衛が青い顔をして歩み寄ってきた。

「大納言さま、お願いがあって推参いたしました」

半兵衛は出家しているが、小田原に来て信雄の茶の湯の相手をつとめていた。

「関白殿下のなされ様は、理不尽でござる。ご処分を取り消していただくよう、お取り成しいただけないでしょうか」

「転封を受け容れるということでしょうか」

「実は先日、関白殿下は内府さまを呼び、羽柴中納言を徳川家の跡地に移すゆえ、中納言の跡地は内府に加増するとおおせられたのでござる」

「まことでござるか。内府どの」

「今日はそのことを告げられるとばかり思っておりましたが、掌《てのひら》を返したように
……」

信雄が悔しさのあまり涙ぐんで口ごもった。

「大納言さま、中納言さまが領された近江は、亡き信長公が安土城を築かれた地で

ござる。それゆえ内府さまも大そう喜んでおられました。ところがいきなりあのようなことを申し付けられ、悲嘆のあまりどうしていいか分からなくなられたのでございます」

「半兵衛どの、事情は分かり申したが、それがしも江戸への国替えを命じられたばかりでござる」

それゆえ他家のことに関わってはいられないと、家康はやんわりと拒絶した。

秀吉はこれまで織田家を尊重していると天下に示すために、信雄を厚く遇してきた。だが淀殿との間に鶴松が生まれた今では、信雄はかえって邪魔になる。そう判断し、切り捨てる機会をうかがっていたのである。

家康が取り成したところで、処分を撤回するはずがなかった。

家康は鐙《あぶみ》を踏み鞍《くら》に腰をすえた。

伊達政宗から贈られた漆黒の奥州馬で、これまで乗っていた馬より二寸（約六センチ）ばかり背が高い。小田原に参陣しても秀吉の許しを得られるかどうか分からない時に、家康への進物まで持ってくるのだから、政宗の器の大きさは尋常ではなかった。

わずか二寸でも、まわりの景色がちがって見える。前後を囲む馬廻り衆を見下ろすような感じで、実に気分が良かった。

転封を正式に命じられて三日後、家康は五千の兵をひきいて江戸に向かっている。小田原城の井細田口を出て、酒匂川のほとりまで出ると、真新しい船橋がかけられていた。

この日、秀吉も奥州に向かうために三万の兵をひきいて出陣する。道中に横たわる川に船橋をかけるのは、新たに領主となった家康の役目だった。

家康は先に軍勢を渡し、船橋のたもとで秀吉勢の到着を待ち受けた。ふり返れば石垣山城の天守閣の白壁が朝日に照らされて輝き、小田原城の天守閣や八幡山の三階櫓を組み敷いているように見える。

それは北条家の没落と、秀吉の世の到来を象徴的に表していた。

やがて千成びょうたんの馬印をかかげた秀吉勢が、長蛇の列をなしてやって来た。先陣をつとめるのは、秀吉の直臣となって羽柴姓を与えられた滝川雄利だった。

家康は雄利と目を合わせ、ここで待っていたことをそれとなく知らせると、先導するために船橋を渡り始めた。

横に並べた船を杭《くい》でしっかりと固定し、その上に板を並べてある。船橋の造りは申し分ないが、幅二間（約三・六メートル）ほどしかないので、馬上から見下ろすと心許《こころもと》ない。

家康はふと浄土教の二《に》河白道《がびやくどう》を思った。現世と浄土の間は一本の白い道で結ばれているが、道の右には貪《むさぼ》りや執着を表す水の河が、左には怒りや憎しみを表す火の河が流れている。

その恐ろしさは息を呑むばかりだが、弥陀の本願である白い道に身をゆだねる信心さえあれば、人は浄土にたどりつくことができるのである。

（わしは今、その一歩を踏み出すのだ）

家康は己にそう言い聞かせた。

自分一人が救われるのではない。家臣、領民すべてが幸せに暮らせるように、この関東を浄土に変えなければならなかった。

その日は東海道を東へ進み、馬入川《ばにゆう》（相模川）を渡って柳島《やなぎしま》（茅《ち》ケ《が》崎《さき》市）の宿場で一泊した。ここで秀吉勢を待つ予定だったが、滝川雄利から使者が来て、

「関白殿下は江戸には寄らず、そのまま会津に向かうとおおせでございます」

そう告げたので、先導役の任を解かれることになった。

翌七月十七日は夜明けとともに柳島を出て、馬入川ぞいの道をさかのぼり、武蔵国の片平《かたひら》（川崎市）に泊まった。

そして翌日、多摩《たま》川の浅瀬を渡って世田谷《せたがや》村に入り、江戸城の小田原口門（現外《そと》桜田門《さくらだもん》）に着いたのだった。

余談ながら家康の江戸入城は七月十八日で、後に言われるように八月一日ではない。それは『家忠日記』に〈十八日、江戸へつき候〉と記されていることからも明らかだが、後に徳川幕府は家康の入城を八月一日と定め、八朔《はっさく》の祝いを盛大に行うようになったのだった。

門前では松下之綱《ゆきつな》と古田重然《しげなり》（織部《おりべ》）が待ち受けていた。

「ご入国おめでとう存じます。城内をご案内させていただきます」

之綱の通称は加兵衛《かへえ》。秀吉が信長の家臣になる前に仕えていた三河の国衆である。初めは今川家に、今川義元が敗死した後は家康に仕えていたが、後に秀吉に誘われて臣従するようになった。

小田原征伐では、浅野長吉の配下となって江戸城攻めに従事したが、四月二十一日に城兵が降伏したために、長吉らは鉢形《はちがた》城（埼玉県寄居町《よりいまち》）攻めに転戦していった。

之綱は重然とともにこの城に残り、留守役をつとめていたのだった。

城は独立した三つの曲輪から成っていて、その間を流れる小川が濠《ほり》の役目をはたしている。曲輪はいずれも十丈《じょう》（約三十メートル）ほどの高台の上にあり、垂直の壁が切り立って敵の侵入をはばんでいた。

東には平《ひら》川が流れ、南には入江（日比谷入江）が迫って天然の要害となると共に、江戸城への物資の搬入を可能にしていた。

「さすがは都にまで名を知られた城でござるな。よくぞ早々と攻め落とされたものじゃ」

家康も太田道灌《どうかん》が築いた城だとは知っている。だがこれほど厳重に整備されているとは思ってもいなかった。

「それでは先に、紅葉山《もみじやま》の見張り櫓にご案内いたしましょう」

松下之綱に案内されて西の曲輪に登ると、二つの小高い山が連なっていた。南の低い方が下山《しもやま》、北の高い方が紅葉山で、紅葉山の頂には三階の見張り櫓が立っていた。

「ご覧の通りの狭さゆえ、一度に五人までしか登れません。いかがいたしますか」

之綱がたずねた。

「それでは康忠と康政、それに善七郎《ぜんしちろう》に同行してもらおう」

家康は松平康忠と榊原康政、それに督姫を守るために小田原城に残っていた坍和善七郎豊繁を指名した。善七郎は三十歳。北条氏直の近習をつとめていただけあって、北条家の内情に精通していた。

櫓の高さは五間（約九メートル）ほどだが、最上階からはあたりの様子を手に取るように見渡すことができた。

西にははるかな平原がひらけ、その向こうには富士山が秀麗な姿でそびえている。東は隅田《すみだ》川、利根《とね》川（現江戸川）が流れる肥沃《ひよく》な平野で、筑波山《つくばさん》まで見通すことができる。

北は川船輸送がさかんな商業地帯で、江戸城防衛の最前線である岩槻《いわつき》城（埼玉県さいたま市）、川越城（埼玉県川越市）へとつづいていた。

「東側が本丸で、百年以上前に太田道灌公が築かれたものでございます」

本丸は空堀によって三つの曲輪に分けられ、まわりに土塁と屋根付き塀をめぐらしてある。道灌の頃には子城《ねじろ》、中城《なかじろ》、外城《そとじろ》と呼ばれたもので、空堀に橋をかけて往来できるようにしていた。

「北条家はおよそ七十年前にこの城に入り、関東への進出拠点として城を整備しました。北の曲輪と西の曲輪も城地とし、谷には引き込み橋をかけて守りを固め、城兵の住居や兵糧、弾薬の貯蔵庫を建てたのでございます」

それ以来、三つの曲輪は本丸、北の丸、西の丸と呼ばれるようになった。しかも防衛の要となる本丸東側の低地には、北条家得意の巨大な障子堀を配していた。

「あの淵《ふち》はかなり深そうだな」

家康は本丸の西側にある大きな淵に目を引かれた。北から流れ込む小川の水を集め、溜め池のように満々と水をたたえている。

「あれは千鳥ヶ淵《ちどりがふち》と申します。もとは川の淵だったものを、北条家が川を細くせき止めて巨大な水堀にしたのでございます」

「船の便も良さそうだな」

家康は見張り櫓から江戸城の南を見渡した。

千鳥ヶ淵から流れ出た川は南の入江にそそいでいる。幅五町（約五百四十五メートル）ほどの入江が南につづき、東側の小さな岬によって江戸湾とへだてられていた。

「あれは日比谷入江、向こうは江戸前島《えどまえじま》と申します。入江の東の岸は港として使われ、船番所がおかれています」

松下之綱は家康の案内をするために、ひと通りのことを調べていた。

「どうじゃ、この城は」

家康は逸《はや》る気持ちを抑え、松平康忠と榊原康政にたずねた。

これまで三河の岡崎城、遠江の浜松城、駿河の駿府城を居城にしてきたが、江戸城にはそのいずれにもなかった規模の大きさと凄みがあった。

「城を改修すれば、守りは万全にすることができましょう。しかし城下町を築くには、いささか手狭ではないでしょうか」

康政が懸念を口にした。

「いや。この入江を埋め立てれば、土地はいくらでも広げることができる」

「海を埋めるのでございますか」

「見たところ遠浅で、干満の差も大きいようじゃ。善七郎、入江の深さはいかほどじゃ」

「江戸前島の先端あたりで、一丈（約三メートル）ばかりと聞いております」

善七郎が指差した先端までは、およそ半里（約二キロ）ばかりだった。

「一丈なら海に杭を打ち込み、土嚢《どのう》を沈めて堤を作ることができる。そうして海の水を抜き取って土を入れていけば、陸にすることもできよう」

「しかし殿、今は新しい領地の知行を安定させることが先決でござる。関白殿下から、いつ軍役の命令が下されるか分かりませぬぞ」

そのための態勢をととのえるのが先だと、康忠が堅実なことを言った。

「むろんその通りじゃ。そのための知恵を、これから皆に出してもらわねばならぬ」

家康はおとなしく引き下がったが、ここなら秀吉の大坂城に劣らぬ城にすることができると、血の騒ぎを抑えることができなかった。

家康の一行は空堀にかけた橋を渡って本丸に入った。本丸御殿や多数の櫓、兵舎や馬屋は、北条方から無傷で接収してあり、小田原からひきいてきた五千の馬廻り衆を楽に収容することができた。

三日後、家康は本多正信、酒井忠次、石川家成を呼び、松平康忠に点前をさせて茶会を開いた。

やがては重臣たちを集め、関東統治の方針を決めなければならない。その前に気心の知れた者ばかりで大まかな方向性を打ち合わせておきたかった。

「今日は入国茶会じゃ。これから城と城下の普請や領国の知行をどうするかなど、決めなければならないことが多い」

家康は薄茶を飲んでから本題に入った。

「そこで何からどう手をつけるか、皆の意見を聞かせてもらいたい」

「まずは国をどう治めるかでござる。それには誰をどこに配するか、知行割りを決めなければなりませぬ」

忠次は懐から関東の絵図を取り出して皆の前に広げた。

新しい所領は伊豆、相模、武蔵、下総、上総、上野の六ヶ国と、下野、常陸の一部である。まったく馴染みのない土地だけに、どう治めるか難しい判断を迫られていた。

「知行割りを決める前に、どのような方針でのぞむかをはっきりさせておく必要がありましょう」

家成が割って入った。

「その方針について、何か考えがあるか」

「これだけ広大な所領であれば、皆が大封を得たいと望むかもしれません。しかし、まだ天下は治まっておらず、新たな転封を命じられるおそれもございます。そこですべてを殿の直轄領とし、要所に代官を置く形になされるのがよろしいと存じます」

「正信、この儀はどうじゃ」

「同感でござる。それが関白殿下が目ざしておられる、新しい国造りに添ったやり方でもありましょう」

ただし領国の四辺は他家と接し、いつ争いとなるか分からない。要《かなめ》となる武将を配し、陣容をととのえておく必要がある。正信はそう進言した。

「確かにその通りじゃ。そうしておけば、領内の国衆に睨《にら》みをきかすこともできる」

「すでに心積もりをしておられるようでございますな」

「小田原には大久保忠世を置くことにした。後は本多忠勝、鳥居元忠、榊原康政、井伊直政などが適任であろう」

家康は四人をどこに配するか、絵図をながめて考えを巡らした。

「江戸城と城下の普請も進めなければなりませぬ。飲み水に恵まれぬ土地と聞きましたので、用水路の整備も必要でございましょう」

酒井忠次が言うように、江戸は水源となる山から遠い上に井戸も少ない。家臣や家族、商人や職人などを住まわせるには、飲み水を早急に確保しなければならなかった。

「何かと物入りでござるが、当家の貯《たくわ》えはどれほどありましょうか」

石川家成が財政を預かる本多正信にたずねた。

「甲州と駿河の金山の開発を進めて参りましたので、手元に二十万両（約百六十億円）ばかりは残っております。しかしこの先の費《つい》えを考えれば、とても足りませぬ。新たな財源を確保しなければなりますまい」

それには関東の金銀山を開発することだと、正信はすでに候補地を調べ上げていた。

「伊豆と上野の砥沢《とざわ》に、金銀の出る鉱山がござる。それに下野の足尾《あしお》には銅山があるようでござる。土屋藤十郎（大久保長安《ながやす》）に、詳しく調査するように命じておりまする」

「もうひとつの財源は商いじゃ。この件については坍和善七郎に説明させよう」

家康が手を叩くと善七郎が茶室ににじり入り、忠次の絵図のかわりに半畳もある絵図を広げた。商業や流通の大動脈となる水路が、詳しく描かれていた。

「大納言さまのお申し付けゆえ、ご無礼をいたします。江戸湾は利根川や香取《かとり》の海（霞ケ浦《かすみがうら》）によって、奥州の港と結ばれております。それゆえ江戸では古くから、奥州と伊勢方面の交易の仲立ちをして参りました。その交易から上がる津料《つりよう》（港湾利用税）や関銭（関税）が、北条家の大きな財源となっていたのでございます」

江戸湾から利根川をさかのぼると関宿《せきやど》（千葉県野田市）に着く。そのすぐ近くには香取の海に注ぎ入る下総川《しもうさ》（現利根川）が流れていて、船の荷を積み替えることで流通路としてつながっていた。

古来、房総半島の南の海は航海の難所で、奥州から南下してきた船が半島を回って江戸湾に入ることはできなかった。

ところが利根川や下総川、香取の海を通ることによって、江戸湾から鹿島灘《かしまなだ》に出て奥州に至る水路が通じ、伊勢や畿内との流通を可能にしてきたのである。

江戸城はその流通を押さえる要の城で、北条家は関東支配の拠点としていたのだったた。

「我らもこの水路を支配する態勢をととのえなければならぬ。やがては利根川と下総川を結ぶ水路を掘り、船が直《じか》に往来できるようにするつもりだ」

家康は坍和善七郎から水路のことを聞き、その実現に思いを馳せていた。

「なるほど。関白殿下が殿に江戸城を居城にせよと命じられたのは、この水路を押さえるためだったのでござるな」

「忠次どののおおせの通りでござる。奥州征伐の軍勢に兵糧や弾薬を補給するためにも、この水路はますます重要になることでしょう」

酒井忠次と石川家成が顔を見合わせ、殿を追いやるための移封だという噂を、どこの誰が流したのであろうと言い合った。

「それゆえ我らは、この水路をもっと便利にするように努めなければならぬ。北条家にもそうした計画があったが、実現できぬままで終わったのじゃ」

家康は善七郎に計画を説明するようにうながした。

「それは利根川の河口と日比谷入江を水路で結び、江戸城下の港まで船で荷が運べるようにすることでございます」

江戸前島のつけ根に運河を掘り、江戸湾の岸伝いに水路を通せばそれが可能になる。北条氏政はこの計画に熱心で、江戸城に乗り込んで指揮をとっていた。善七郎がそう語った。

「わしはこの計画を実行することと、上水路を引いて飲み水を確保することから始めたい。城の改築などは二の次、三の次でいいと思うが、どうじゃ」

忠次、家成、そして本多正信にも異存はなかった。こうして着工されたのが、後の道三堀《どうさんぼり》と現存する小名木《おなぎ》川なのである。

「水路の整備については忠次と家成に、金銀山の開発については正信に任せる。康忠」

「ははっ」

茶道具を仕舞っていた松平康忠がびっくり顔で応じた。

「そちには別に頼みがある。明後日の正午に、服部半蔵と北条氏勝を連れて来てくれ」

康忠は命じられた通りの時刻に二人を連れてきた。

氏勝は箱根の山中城の守りについていたが、羽柴秀次や家康の軍勢に攻められて城を脱出した。この時、逃げ口を開けて城兵を助けた家康の恩情に感じ入り、北条方の城に降伏を呼びかける役目をはたしたのだった。

「氏勝どの、諸城に開城するよう説いていただいたと、家臣から聞いております。改めてお礼を申し上げる」

家康は北条氏勝を客人として遇《ぐう》した。

「かたじけないお言葉でござる。この上は少しでも家臣や領民の犠牲を少なくしたいと、微力を尽くさせていただきました」

氏勝は三十二歳。代々相模玉縄《たまなわ》城の城主をつとめた家柄で、母親は北条氏康の娘だった。

「お陰で当方も犠牲を出さずにすみましたし、所領を荒廃させることなく受け取ることができました。これからもお力を貸していただきたい」

「ご恩は終生忘れませぬが、もはや城も主家も失った身でござる。これ以上のことは……」

「これから関東を治めるには、北条家の旧臣や国衆の協力が必要でござる。そうした方々を当家に取り次ぐように、娘のお督に頼んでおります。しかし関東全域となると、とても娘の手に負えるものではありません。そこで氏勝どのに娘の補佐役となり、この仕事を手伝っていただきたいのでござる」

「そうですか。督姫さまがそのようなお役目を」

「氏直どのから、家臣、領民の暮らしが立ちゆくようにせよと命じられ、そのための資金まで預かったそうでござる」

「承知いたしました。そのような事情であれば、役目をつとめさせていただきます」

「かたじけない。この者は松平康忠といい、それがしの従弟《いとこ》で近習頭をつとめております。またこちらは、伊賀者の棟梁をつとめる服部半蔵でござる」

家康は二人を引き合わせ、これから三人で重臣たちをどこに配すべきか案を出してもらいたいと言った。

「そのような大事な役目を、降人となったそれがしなどにお任せ下さるか」

「我らは関東の内情について何も分かっておりません。政情、民情、地理、歴史などが分からなければ治政に支障をきたしますゆえ、是非ともお願い申し上げる」

「分かりました。それではただ今より、それがしを臣下の列に加えて下され」

「当家に仕えて下さるか」

「その方が役目がはたしやすいと存じます。禄などは望みませぬゆえ、何とぞよろしくお願い申し上げます」

氏勝が感激のあまり涙を浮かべて頼み込んだ。

「それでは康忠、そちは氏勝と相談して月末までに国割りの案を出してくれ。諸国の状況については半蔵に聞くがよい」

家康は協力して事に当たるように三人に命じた。

小田原征伐が決まった時から、服部半蔵は百人以上の配下を関東に入れ、内情をつぶさに調べていた。

「それではひとつお願いがございます」

半蔵は家康と同じ四十九歳である。近頃では、諜報《ちょうほう》ばかりか政治の才覚も身につけていた。

「うむ。聞こう」

「事は密なるを要しますゆえ、三人が度々殿のもとに集まるのはいかがかと存じます。どこか城のはずれにでも屋敷を拝領し、相談の場所にさせていただきとうございます」

家康はこの求めに応じ、西の丸の裏門の側《そば》にある番所を屋敷として与えた。この裏門が後に半蔵門と呼ばれるようになったのは、服部半蔵の名にちなんでのことだった。

七月二十八日、家康は重臣数人と警固の兵二百人ばかりを従え、下野の宇都宮城に向かった。秀吉から奥羽の仕置について相談したいので出仕せよと命じられたからである。

あいにく前夜の雨で道がぬかるんでいたが、夜明け前に江戸城を出て、三十五里（約百四十キロ）ちかい道のりを馬を飛ばして正午過ぎに到着した。

宇都宮城は藤原秀郷《ひでさと》の子孫である宇都宮氏が、五百年以上も居城とし、毛野川《けぬ》（鬼怒川《きぬ》）流域を支配してきた。ところが今や関白秀吉の御座所とされ、配下の武将たちが警固にあたっていた。

秀吉は陸奥、出羽の大名たちをこの城に集め、国割りと仕置の方針を伝えることにしている。すでに伊達政宗や最上義光ら命《めい》を受けた大名の大半が二の丸や三の丸の屋敷に入り、沙汰が下るのを息を詰めて待っていた。

表門では取り次ぎ役の富田一白が待ち受けていた。

「殿下がお待ちでございます。どうぞ、こちらへ」

一白が先に立って本丸御殿に案内した。名胡桃城事件の責任をとってしばらく謹慎していたが、許されて諸大名との連絡役をつとめているのだった。

本丸御殿の広間で、秀吉は石田三成や増田長盛、浅野長吉ら十人ばかりの側近と評定をおこなっていた。

「駿河大納言、足労大儀である。ここに来よ」

秀吉が手招きして隣に座るようにうながした。座の真ん中に奥羽の絵図を広げ、国割りをどうするか話し合っていた。

「大方は決まったところじゃ。長吉、大納言に説明してやってくれ」

「ははっ、それでは」

仕置の奉行に任じられた浅野長吉が、扇の先で絵図を指しながら説明した。

「まず伊達政宗の処遇でござるが、芦名義広《よしひろ》から奪った会津を没収し、本領の米沢を安堵することになされました。会津には伊勢の松坂から蒲生氏郷を移されるお考えでございます」

「氏郷にはやがて百万石の所領を与え、奥羽の押さえとなってもらう。大納言には関東から後見をしてもらいたい」

「承知いたしました」

「伊達政宗をはじめ、出羽の最上義光、安東実季《あんどうさねすえ》、陸奥の南部信直《なんぶのぶなお》、相馬義胤《そうまよしたね》などには、関白殿下への誓書を出させた上で、会津にて安堵状を発給することになります」

誓書には妻子を人質に出すことや、領内の支城を破却すること、秀吉が派遣した軍勢に兵糧や人足を提供すること、検地や刀狩りをおこなうことなどが記されている。

奥羽の大名はこうした義務を実行すると誓った上で、知行権を認められて存続を許されるのだった。

「取り潰しになる大名もあるのでござろうか」

家康はそのことが気になった。

「大崎義隆《よしたか》、葛西晴信《はるのぶ》、結城義親《よしちか》、石川昭光《あきみつ》など、小田原へ参陣しなかった大名たちの所領が没収されます」

「駿河大納言、気になることがあれば遠慮なく申すがよい」

秀吉は家康を厚遇する姿勢を、側近たちの前でも取りつづけた。

「奥羽のことではございませんが、よろしゅうございますか」

「構わぬ」

「お叱りを受けた織田内府どのの処遇は、いかが相なりますでしょうか」

「内大臣の位を剝奪して、下野の烏山《からすやま》城に流すことにした。あのような不届き者には、相応の処分じゃ」

「それはいささか、厳しすぎるのではないかと存じます」

家康は不興を買うことを承知で進言した。

「信雄はあのような勝手を申したのじゃ。所領と官位を召し上げたとて、厳しすぎるということはあるまい」

秀吉の目が急に鋭くなった。

「織田内府どのは大恩ある信長公のお血筋でございます。いずこかに封地を与えて、家名を存続させていただきとうございます」

「大納言、その差し出口は、信雄に与えるはずだった駿河や遠江に、気心の知れぬ大名を配すると案じてのことか」

「関白殿下が勅命を受けて、新しい天下を築こうとしておられることは承知しております。隣国のことなど何も案じてはおりません」

「ならば何も言うな。信雄は身内に等しき者ゆえ、仕置が公正であることを示すためにも厳しい処分をしなければならぬのだ」

「考えが足りず、ご無礼なことを申し上げました。ご容赦下されませ」

秀吉は前々から信雄を使い捨てにするつもりだったのだ。家康はそう察し、頭を下げて引きさがることにした。

「分かればそれで良い。一白、後で大納言に旧領の国割り案を見せてやるがよい」

秀吉は富田一白に命じて席を立った。
近臣たちがそれを追って広間を出て行った後で、
「これが殿下のお考えでございます」
一白が国割り案を記した書状を示した。
三河　岡崎城　田中吉政《よしまさ》　五万石
　同　吉田城　池田輝政《よしはる》　十五万二千石
遠江　浜松城　堀尾吉晴　十一万二千石
　同　掛川城　山内一豊　五万一千石
駿河　駿府城　中村一氏《かずうじ》　十四万五千石
甲斐　甲府城　豊臣秀勝《ひでかつ》　二十四万石
信濃　飯田《いいだ》城　毛利秀頼《ひでより》　八万石
　同　深志城　石川数正　八万石
　同　上田城　真田昌幸　三万八千石
等々で、秀吉に従っている大名の中でも織田家にゆかりが深く、家康とも親交がある者を三河、遠江、駿河に配していた。

「殿下がこのようなご配慮をされたのは、内府さまに与えるはずだった所領を、織田家に仕えていた大名たちに与えることで、処分が厳しすぎるという批判を抑えるためでございます」

しかも吉政、吉晴、一豊、一氏は羽柴秀次に家老格として仕えていたので、家康と秀次の仲介役をになわせることができる。

秀吉はそう考えているが、家康が反対するようなら考え直すつもりだという。

「いかがでござろう。殿下の国割り案に改める点はありましょうか」

富田一白は僧形になり、枯淡の風格をただよわせていた。

「すでに召し上げられた所領でござる。とやかく言える立場ではございません」

秀吉の手厚い配慮に、家康は感じ入っていた。

「大納言どのの旧領ゆえ、ご指南を受けなければ国はうまく治まらぬ。三河、遠江、駿河の大名は徳川家の与力と思い、東国の平安を守っていただきたいと、殿下はおおせでございます」

「かたじけない。感謝申し上げると関白殿下にお伝えいただきたい」

「上田城を真田に与えることにも、異存はございませんか」

「それは真田安房守（昌幸）が、当家と敵対していたゆえのお心遣いでござろうか」

「さよう。名胡桃城のこともござるゆえ、許し難いと思っておられるのではないかと」

「何とも思っておりません。それがしも沼田領を真田伊豆守（信之）に与えるつもりでおります。親子で真田の旧領を治めてくれれば、知行もうまくいくはずでござる」

　宿所は宇都宮城の二の丸御殿に用意してあった。家康はそこにもどり、重臣たちを集めて秀吉の方針を伝えた。

「織田内府さまが、改易でござるか」

　皆が一様に驚いたが、旧領に配置される大名の顔触れを知ると安堵の表情を浮かべた。

「もともと知略縦横のお方だが、関白になってひと回りもふた回りも大きくなられたようでござるな」

　本多正信が珍しく秀吉を誉めた。

「それはどういう意味じゃ」

「殿が関東で反旗をかかげられても、即座に押さえ込む自信があるのでござろう。それゆえこのように厚遇して、天下のために働かせようとしておられると見受けまする」

もし秀吉が家康を封じ込めるつもりなら、旧領五ヶ国を前田利家や宇喜多秀家のような親密な大大名に与え、強固な防波堤にしたはずだ。正信はそう解き明かしてみせた。

その日の夕方、黒田官兵衛孝高と水野忠重が、秀吉の使者としてやって来た。

「関白殿下からの書状でございます。ご披見いただき、明日までにご返答をいただきたい」

官兵衛が物々しく立て文を差し出した。

黒田官兵衛が差し出した秀吉の書状には、二つのことが記されていた。

羽柴三河守秀康を下総結城城（茨城県結城市）の結城晴朝《はるとも》の養子とし、五万石の所領を与えること。井伊直政を上野の箕輪城に、榊原康政を館林《たてばやし》城に、本多忠勝を上総の大多喜《おおたき》城に配すること、である。

　家康は書状を何度も読み返し、秀吉の真意をさぐろうとした。養子にしていた秀康を他家に出すのは、淀殿との間に生まれた鶴松との争いを避けるためである。

　しかし一方的に縁組を解消したのでは家康に申し訳が立たないので、所領が隣り合うことになった結城家の養子にして辻褄《つじつま》を合わせようとしたのだろう。

　それにしても、徳川家中の国割りにまで手を突っ込んできたのは、どういう思惑があってのことなのか。今のうちに井伊、榊原、本多の三人に恩を売って、手なずけておこうと考えているのだろうか……。

「大納言どの、いかがでござろうか」

　官兵衛が頭巾をかぶったおだやかな顔を向けた。

　本多正信は官兵衛をキリシタンの策士だと毛嫌いしているが、誠実な人物だということは曇りのない生き生きとした目を見れば分かった。

「承知いたした。明日のうちに、請書《うけしょ》をお届けいたします」

「それを伺って安堵いたしました。よろしくお願い申し上げます」

「叔父上、落ち着いたら官兵衛どのを招いて、お礼の茶会をさせていただきとうございます。お許らい下されし」

家康は同行している水野忠重に声をかけた。

「承知いたした。のう官兵衛どの」

「膝を悪くしておりますので正座ができませぬが、是非ともお招き下されませ」

二人が帰ってから、家康は正信を呼んで秀吉の書状を見せた。

「どう思う。これは厚遇か、それとも計略あってのことか」

「厚遇でござろう。秀康さまは殿に返されたも同然ですし、井伊ら三名が関白殿下の命によって境目を守れば、誰も手出しができなくなりまする」

確かに本多正信の言う通りである。

井伊直政や榊原康政、本多忠勝は秀吉の命令で配置されるのだから、その所領に攻め込めば秀吉に弓を引くことになるのだった。

「不思議よな。関白どのはなぜこれほどまでにわしを大事にして下さる」

「馬を肥やすのは、戦場で働かせるため。殿にはこの先、もっと働いてもらおうと考えておられるのでござろう」

翌七月二十九日、家康は黒田官兵衛と水野忠重に請書を提出した。その文面には当時の家康と秀吉の関係がよく表れているので、意訳して紹介させていただきたい。

「一、ご自筆の書状によってお伝えいただいたことはまことにかたじけなく、お礼の申し上げようもないほどでございます。
一、結城家の跡目を、三河守秀康に継ぐようにおおせつけられたことは、まことにかたじけないことで、承知した旨を両人の使者に伝えました。
一、三河守に五万石の所領を与えられることと、結城晴朝の隠居領のことも承知いたしました。
一、真田昌幸の処遇についても、重ねて成瀬伊賀守《なるせいがのかみ》をつかわしてお伝え下さり、かたじけのうございました。
一、三人の重臣の配置についても、承知いたしました」
第四条の成瀬伊賀守は、三河の国衆である成瀬国次《くにつぐ》のことと思われる。秀吉は官兵衛から報告を受けた後で伊賀守を家康のもとにつかわし、真田昌幸に上田城を与えることについて、再度了解を得たのである。

秀吉がこれほど気を遣っているのは、奥羽の仕置を成功させるためだけではなく、天下統一後の政権運営に家康の協力が欠かせないと考えていたからだ。

この頃秀吉は、重大な外交問題に直面していた。

イエズス会のアレッサンドロ・ヴァリニャーノが、この年の六月二十日に天正遣欧少年使節を連れて長崎に到着し、インド副王の使者として秀吉に対面を求めていたからである。

ところが秀吉は、三年前にバテレン追放令を発しているので、これに応じれば追放令を自ら撤回することになる。

しかし応じなければスペインと断交し、南蛮貿易が停止されて鉛や硝石などを輸入することができなくなる。

しかも本能寺の変以来、秀吉を支援してきたキリシタン大名たちが、秀吉とヴァリニャーノの対面を実現しようと動き始めていた。中でも中心的な役割をはたしていたのが、シメオンの洗礼名を持つ黒田官兵衛だった。

小田原城の開城交渉でも活躍した官兵衛は、同じ陣中でヴァリニャーノと対面するように直訴し、秀吉の逆鱗に触れた。

その様子について、ルイス・フロイスは『日本史』の中で次のように記している。

〈さらに（黒田）官兵衛殿が関東にいた時のことであるが、ある時、彼が我らの使節一行のためを思って発言すると、関白は、汝《なんじ》はまだ性懲りもなく伴天連《バテレン》どものことを話すのか。汝が伴天連らに愛情を抱いており、また汝がキリシタンであるために、汝に与えるつもりでいたもののうち、多くを取り上げたことを汝は心得ぬか、と答えた。かくて彼は官兵衛殿に対してもはやなにも言わなかったので、官兵衛は我らのことを関白の前で話したい気持に強く駆られながらもそうすることができなかった〉（『完訳フロイス日本史5　豊臣秀吉篇Ⅱ』第二四章／中公文庫）

フロイスの『日本史』を読んでいつも驚嘆するのは、イエズス会の情報収集能力《インテリジエンス》の高さである。彼らはあらゆる場所、あらゆる地位にいるキリシタンから情報を集め、信頼に足るかどうかを精査して布教や活動の方針を決めていた。

秀吉が本能寺の変の計画をいち早く察知して対応策を練ることができたのも、そうした情報網を使ったからだとは以前に記したが、秀吉と官兵衛のやり取りを記したこの条《くだり》は、彼らの能力の高さをあます所なく示している。

バテレン追放令を撤回するかどうかという機密に触れる話を、公の場でするはずがないので、まわりには秀吉と二、三人の側近しかいなかったはずである。

おそらく茶室でなされた会話だと思うが、それがイエズス会に筒抜けになっているのは、側近の中にキリシタンがいたか、官兵衛自身が報告したからだろう。
記述は官兵衛の内面にまでおよんでいるので、後者と考えるのが妥当かもしれない。官兵衛はそれほど熱心な信者で、臨終の場にも宣教師を立ち会わせているほどだ。

しかもキリシタン勢力の狙いは、ヴァリニャーノとの対面を機にバテレン追放令を撤回させることばかりではなかった。

スペインやイエズス会の真意は、ヴァリニャーノをインド副王の使者として秀吉と対面させようとしているところに表れている。

インド副王の実体はスペインの植民地総督なのだから、秀吉が対面に応じたならイエズス会を仲介者としてスペインとの外交交渉をすると認めることになる。

そうなれば南蛮貿易の完全な復活や軍事物資の提供を条件として、秀吉との同盟関係を復活させることができる。彼らはそう考えていたのだった。

これは関白となって朝廷中心の律令体制を復活させようとしている秀吉にとって、政権の存続に関わる重大な問題だった。もしバテレン追放令を撤回してイエズス会やスペインとの関係を修復したなら、朝廷や寺社勢力との対立は避けられないからである。

実は秀吉は、天正十五年（一五八七）にバテレン追放令を発した時から、そうした弱点を抱え込んでいることを承知していた。

「朝廷の顔を立て、バテレン追放令を出すことにしたで、反対しているキリシタン大名や信者たちがこの先どう動くか分かりゃせん」

内心の危惧を家康に打ち明け、そうした事態に対処するために協力してくれと頼んだのである。

「東の大名をまとめてわしを支えてもらいたいんだわ。明日か明後日には弟秀長とおみゃあさんを従二位大納言にして、朝廷を中心とした国を築くと天下に知らしめる。その前にこうして迎えに来たのは、わしと駿河大納言がどれほど親密な間柄か、キリシタン大名どもに見せつけてやるためなんだて。のう、兄弟二人で信長公が理想とされた国造りをしていこまい」

秀吉が抱きつかんばかりにしてそう頼み込んだことを、家康ははっきりと覚えている。その言葉に偽りはないと信じたからこそ、本能寺の変以来の怒りや恨みを捨てて秀吉に従う決意をしたのである。

そして今、秀吉は天下統一を目前にして再び政権分裂の危機に直面し、家康の協力を必要としていた。

それゆえ関東への転封を機にさまざまな厚遇をつづけたのだが、西国に独自の情報網を持っている本多正信さえそれを見抜くことができなかった。

ましてこれから半年後に秀吉がヴァリニャーノと対面し、政策を大きく転換するとは想像さえしていなかったのである。

家康は八月一日に江戸にもどった。

後に江戸幕府がこの日を江戸入部の日としたのは、宇都宮で正式に転封を命じられたという認識があったからかもしれない。

家康はさっそく松平康忠、服部半蔵、北条氏勝を呼び、関東の知行割りの案についてたずねた。

「それでは、我らの考えを申し上げます」

康忠が広げた関東の絵図には、配属する家臣の名が記されていた。

「関白殿下に命じられた通り、上野の箕輪城には井伊直政どの十二万石、館林城には榊原康政どの十万石、上総の大多喜城には本多忠勝どの十万石でございます」

これは秀吉から直接指示されたことなので動かしようがない。所領の境目を守る役目をおびているので、常に軍備をととのえておかなければならず、石高も他の家臣より格段に多かった。

この三人に次いで厚遇されるべき重臣は酒井忠次、大久保忠世、鳥居元忠、平岩親吉などだが、

「元忠どのは下総の矢作《やはぎ》城に四万石、忠世どのは小田原城に四万石。忠次どのの嫡男家次どのは下総の臼井《うすい》城に三万石、親吉どのは上野の厩橋城に三万石でございます」

石川家成の嫡男康通《やすみち》は上総の鳴戸（成東《なるとう》）城に二万石、大須賀康高の養子忠政《ただまさ》は上総の久留里《くるり》城に三万石で、これを越える石高の者は家臣の中にはいなかった。

「江戸城の守りの要は、川越城、岩槻城、関宿城でございます。この地は江戸に通じる水運を制する要地でもあると、北条氏勝どのにご教示いただきました」

川越は入間《いるま》川、岩槻は綾瀬《あやせ》川の上流、そして関宿は利根川と下総川の結節点に位置し、江戸湾につながる物流を支えていた。

「そこで川越城には酒井重忠どの一万石、岩槻城には高力清長《こうりききよなが》どの二万石、関宿城

には松平康元《やすもと》どの二万石といいたしました」

「康元では、荷が重いのではないか」

家康は初めて懸念を口にした。

康元は久松俊勝と於大の方の間に生まれた長男で、家康の異父弟にあたる。歳《とし》は三十九なので不足はないが、戦場での手柄がないので他からは軽く見られがちだった。

「ご安心下され。康元さまは経世の才に長《た》けておられます。商いの要地を治めるには打ってつけと存じます」

家康の孫娘である登久姫との縁組が決まっている小笠原秀政は、下総の古河《こが》城に二万石。娘の亀姫の夫である奥平信昌《おくだいらのぶまさ》は、上野の小幡城に二万石。

『家忠日記』を残したことで知られる松平家忠は、武蔵の忍《おし》城に一万石である。

「それがしは武蔵の深谷《ふかや》城に一万石、北条氏勝どのは下総の岩富《いわとみ》城に一万二千石を拝領させていただくことにいたしました」

康忠が深谷城と岩富城の位置を絵図の上で示した。

「もう、わしの側には仕えてくれぬか」

「長い間、身にあまる厚恩をたまわりましたが、これから殿は東国の重鎮として天下を支えるお立場になられます。それがしのような者ではなく、若くて才知に富んだ者を近習になされるべきでございましょう」

「誰か心当たりがあるようだな」

「本多正信どのの嫡男正純《まさずみ》が適任と存じます。ご検討下されませ」

康忠はここが引き際と肝をすえ、氏勝や服部半蔵と最善を尽くして案を練り上げたのだった。

名前を挙げた家臣は三十八人。そのうち秀吉から指名された三人には高禄を与えたものの、他は一万石か一万石台が十九人、二万石が八人、三万石が六人、四万石が二人である。

合計しても九十四万石にしかならないのだから、二百五十万石と言われる総石高の四割弱である。これは家康が天下の動向を見据え、関東に新しい領国を打ち立てるために指示したものだった。

目的のひとつは、小田原征伐によって荒廃した領国の復旧である。

関東は豊臣勢との合戦で被害を受けたばかりでなく、北条家が臨戦態勢をととのえるために課した年貢や人夫の徴用などによって大きな打撃を受けていた。これを早急に立て直すには、所領の多くを直轄領とした方が効率的だと考えたのである。

それは秀吉が推し進める律令制を復活させ、大名を官吏として諸国に配するのと同様のやり方である。互いに競わせることで、復旧や復興の成果を挙げようという狙いもあった。

家康は康忠らの案を二日間じっくりと検討し、三日目に本多正信、酒井忠次、石川家成に意見を求めた。

「これで良かろうと思うが、足らざるところはあるか」

三人は知行割りを記した関東の絵図を、身を乗り出してのぞき込んだ。これまで漠然としか分からなかった新しい領国が、現実味をおびて頭の中で像を結んだようだった。

「これで二百五十万石でござるか」

家康が今川家の人質になっていた頃から従ってきた酒井忠次が、感に堪えぬようにつぶやいた。

「今は戦で荒れはてておるゆえ、二百万石にもなるまい。しかし、四、五年の間に復興をとげれば、それくらいの石高になるはずだ」

家康が各地に配した重臣たちは、復興の指揮をとれる者ばかりだった。

「この水路を早急に整備し、奥州と畿内の交易を結びつけねばなりませぬな」

本多正信が香取の海から利根川にかけての水路を示した。

江戸は奥州と伊勢湾の交易の中継点なのだから、奥州仕置を終えて交易の振興策をとれば、関銭や津料から上がる収益だけでも莫大な金額になるはずだった。

「そうなれば二百五十万石の倍の収益を見込めるはずでござる」

「その事業を任せられる者はいるか」

「伊奈《いな》忠次《ただつぐ》が打ってつけでございましょう」

「伊奈忠次とな」

「三河の一向一揆に加わっていた伊奈忠家《ただいえ》の倅でござる。甲斐では金山採掘のみならず、釜無《かまなし》川や笛吹《ふえふき》川の堤防の復旧にも手腕を発揮しました」

「ああ、あの親子か」

家康は遠い昔に思いを馳せた。正信が一揆に加わって出奔した頃、忠家父子も行動を共にしたのだった。

「ならば土屋藤十郎とも懇意であろう。二人とも普請奉行にするがよい」

「承知いたしました。披露が遅れましたが、藤十郎は大久保忠隣《ただちか》どのの縁者となって大久保長安と名乗っております」

長安は甲斐にいた頃に忠隣に手腕を見込まれ、忠隣の叔父忠為《ただため》の娘を妻にしたという。

「そういえば康忠が、正信の息子の正純を近習頭に推挙していたが、家成はどう思う」

「異存はございません。正純なら適任でございましょう」

石川家成が即座に太鼓判を押した。

「ならば、そのように計らおう。明日にも新顔三人を登城させよ」

翌日、三人が裃姿で登城してきた。

本多正純は二十六歳。父正信が三河一向一揆に加わり、家康と対立して出奔していた間、母親と共に大久保忠世に庇護されていた。

やがて正信の計らいで京都や大坂に出て見聞を広め、正信の帰参を機に家康に仕えるようになった。控え目で思慮深い官吏向きの若者だった。

大久保長安は四十六歳。甲斐では正信のもとで金山開発にあたり、徳川家の金蔵を支えた男である。金春流《こんぱる》の猿楽師の家に生まれただけに、顔立ちも良く所作も見事だった。

伊奈忠次は四十一歳。三河の幡豆《はず》郡の国衆の家に生まれたが、父忠家が一向一揆に加わって出奔したために家を失い、長篠の戦いの時に陣借り《じんがり》（自前で出陣）して手柄を立てた。

そして岡崎城主の信康に仕えたものの、天正七年（一五七九）に信康が切腹させられると再び出奔し、本能寺の変の後にもう一度帰参を許された。

武芸に秀でた血気盛んな男だが、計数の才にも恵まれていて、甲斐にいた頃には長安と共に正信の右腕として働いていた。

「今日からその方らには、わしの手足になってもらう。第一の仕事は、関東の治政を軌道に乗せることだ」

承知かとたずねると、三人とも覚悟の定まった表情でうなずいた。

「それでは正純には、近習頭として重臣たちとの連絡に当たってもらう。来《きた》る八月十日に神田山《かんだやま》で知行割りを申し渡すゆえ、寅の下刻（午前五時）に皆を集めよ」

「承知いたしました」

そのために何をしなければいけないか、正純には分かっているようだった。

「長安と忠次は城下の普請奉行に命じる。やがて利根川と城下を結ぶ水路を造り、その後に入江を埋め立てねばならぬ」

「水路だけでも、五、六年はかかるものと存じます」

長安は関東の地形を頭に入れ、おおよその見当をつけていた。

「そのことは後日ゆっくりと聞こう。この関東を東国の交易の中心地にするためにはどうすれば良いか。大まかな見通しを、十日までに立てておいてくれ」

第四章

奥州仕置

十日は朝から快晴だった。

家康の命を受けた重臣たちは夜明け前に江戸城を出て、平川の東に位置する神田山の頂上に集まった。

神田山は高さ十五丈（約四十五メートル）ほどの台地である。東西に川が流れ、山頂から四方を見渡すことができるので、北条家は江戸城の支城を築いて見張り櫓を立てていた。

甲冑姿《かっちゅう》の重臣たちが勢揃《せいぞろ》いするのを待ち、家康は金陀美《きんだび》具足をまとって櫓台に立った。背後には陣幕が張られ、左右に「厭離穢土《おんりえど》　欣求浄土《ごんぐじょうど》」の本陣旗が立てられている。

あたりはまだ闇におおわれているが、次第に東の空が白みはじめ、房総の山々の向こうから金色の光を放ちながら朝日が昇った。

家康と重臣たちは東に向かい、朝日に手を合わせて武運長久と家の安泰を願った。夜明け前に皆を集めたのは、こうして心をひとつにするためだった。

「この関東で、今日から我らの新しい暮らしが始まる。東を見よ、西を見よ、そして南を見よ」

家康は軍扇でひとつひとつの方向を指し示した。東には隅田川、利根川が流れ、肥沃な大地が上総や下総までつづいている。

西は武蔵野の向こうに富士山がそびえ、南には江戸湾が横たわっている。三浦半島と房総半島の間の水路は、絶妙の地形を成して太平洋に向かっていた。

「見渡すすべてが我らの領国だ。今はまだ原野や湿地が多いが、働き次第で三百万石の収穫が上がる大国にすることができる。奥州や伊勢湾との交易を盛んにすれば、その収益は無尽蔵だ」

家康は必ずそうなるという確信を持っている。それが自信に満ちた声となって重臣たちの胸にしみ込んでいった。

「しかし、この国は我らの持ち物ではない。所領を豊かにし領民を幸せにするために、帝の命を受けた関白殿下が我らに預け置かれたものだ。その使命をはたすことこそ我らの役目であり、欣求浄土への道なのだ」

家康の言葉に応じるように南から海風が吹き、本陣旗を勢い良くはためかせた。

「戦を終わらせ万民を幸せにするために、律令制にならった国を築くことが亡き織田信長公の本懐であった。その思いを関白殿下が受け継がれ、わしに大封《たいほう》を与えて東国をまとめよとお命じになった。わしは死力を尽くして役目をはたすつもりだが、皆の力なくしてはやり遂げられぬ。私欲を捨て我意を抑え、天下のために働くとこの場で誓ってくれ」

「承知いたした。お誓い申す」

最前列の酒井忠次が、腕を突き上げて真っ先に応じた。

他の者たちも遅れじと腕を突き上げ、やがて声を合わせての鬨《とき》の声となった。

「えい、えい、おー。えい、えい、おー」

出陣の気迫をこめた声が、朝日に照らされた神田山に響き渡った。挑むべきは広大な関東の山河、そして私利私欲に向かいがちな己の心だった。

「それでは知行割りを記した書き付けを配る。五日後に正式に通達するゆえ、意見のある者は酒井忠次、石川家成、本多正信まで申し出よ」

本多正純の配下になった近習の若侍たちが、書き付けを配っていった。皆は兜の目庇《まびさし》を上げてじっと見入り、無言のまま内懐に仕舞い込んだ。

家康が説きつづけてきた欣求浄土の理想は、天下万民のために私欲を捨てて働くという家臣たちの規範になっている。それがやがて儒教道徳と結びつき、武士道という世界に類を見ない高い倫理観となって花開くのである。

「それではこの先この地をどのように変えていくか、普請奉行の大久保長安と伊奈忠次に説明してもらう。十年二十年先のことだが、頭に入れておいてくれ」

長安と忠次は二間（約三・六メートル）四方の布に関東の大絵図を記していた。それを櫓台の前の地面に広げると、重臣たちがまわりを取り囲んだ。

「まず当面の計画を申し上げます。日比谷入江の奥から隅田川まで、東西につながる水路をもうけます」

長安が竹竿で絵図を指した。江戸前島を東西に突っ切る水路（道三堀）は、半里（約二キロ）ほどの距離があった。

「そのために幅三間（約五・四メートル）、深さ一間（約一・八メートル）ほどの堀をうがち、平川の流路を変えて堀に流し込みます。そうすれば入江に流れ込む水が止まり、埋め立てもはかどるはずでござる」

次に隅田川と利根川を結ぶ水路が必要だし、利根川の洪水を防ぎ、香取の海との交易路を安定させるためには、利根川の水を香取の海に流す付け替え工事をしなければならない。

江戸には飲用水が不足しているので、上水道の設置を急がなければならないし、城下町の整備も必要である。長安が挙げる課題は難しいことばかりだが、誰もが天地創造にでも立ち会うような心の弾みを覚えていた。

知行割りに異議をとなえる者は一人もなく、予定通り八月十五日に発令した。これで関東を治める体制がととのったのである。

その頃秀吉も黒川城（会津若松城）で奥羽の仕置を終え、十三日には会津を発って宇都宮城に向かっていた。

新しい国割りは家康が宇都宮城で聞かされた通りで、伊達政宗は惣無事令にそむいた罪で会津を奪われ、米沢城を中心とする本領だけを安堵された。

会津には蒲生氏郷が七十万石ちかくを与えられて入封し、葛西晴信、大崎義隆が没収された三十万石の所領は、木村吉清、清久《きよひさ》父子に与えられた。

同じく没収された和賀信親《わがのぶちか》、稗貫広忠《ひえぬきひろただ》の所領は、当分の間秀吉の直轄領とし、奥羽の異変に備えることにした。

秀吉の仕置は、国割りや大名の妻子を人質に取ることばかりではない。律令制にならった統一国家を築くために、奥羽の統治制度を根本から変えようとするものだった。

そのひとつは検地によって耕作地の面積と耕作する農民を明らかにし、収穫の三分の二を年貢として徴収すると決したことである。

もうひとつは不要の城を破却し、刀狩りをおこなって領民から自治権と自立権を奪い、兵農分離によって領主の命令に絶対服従する体制を作り上げることだった。

その内容を的確に示した文書がある。

黒川城にいた秀吉が八月十二日付で奥州奉行の浅野長吉に下した朱印状である。少し長くなって恐縮だが、意訳して紹介させていただきたい。

〈急ぎのお申し付けです。
一、(関白殿下は)去る九日に会津に移動され、仕置を仰せ付けになりました。その上で検地については、会津は羽柴中納言秀次、白河やその周辺は宇喜多宰相秀家の担当となされました。
一、貴殿の検地においても、一昨日に仰せられたように、斗代《とだい》(一反《たん》あたりの収穫量)などのことはご朱印状の定めの通り、くれぐれも念入りに申し付けて下さい。もし粗相《そそう》があったなら、落ち度と見なされます。

一、最上義光と伊達政宗は、早々と妻子を人質として京都に差し出しました。二人の他にも妻子を京都に差し出す国衆については、優遇なされることでしょう。そうでない者は、会津に人質を送るように申し付けることになされました〉

この朱印状に記されている通り、検地の際には一反あたりの収穫量まで厳密に調べていた。

律令制を再構築するには耕地面積を調べ上げ、年貢高を確定する必要があったからだが、検地のやり方そのものに年貢高を上げる仕掛けがほどこされていた。

従来は六尺（約一・八メートル）を一間としてきたが、太閤検地では六尺三寸を一間とする検地竿を用いた。これ自体は領民側に有利だが、従来の一反は三百六十歩《ぶ》（一歩は一間四方）だったものを三百歩で一反とした。

両者を比べると、以前は（六尺×六尺×三百六十歩）で、一万二千九百六十平方尺。新制は（六・三尺×六・三尺×三百歩）で一万一千九百七平方尺になり、面積が千五十三平方尺少なくなる。

以前より一割ちかく狭くなった土地を一反と定めて年貢を徴収するのだから、約一割の増税である。しかも年貢は収穫の三分の二と高率な上に、検地を厳重にして隠し田や屋敷地にまで課税したのだから、奥羽の農民がこれでは暮らしていけないと悲鳴を上げるのは無理からぬことだった。

むろん秀吉にもそんなことは分かっている。だから農民には全国一律の方針だと説明し、納得させた上で従わせるように命じた。そのことが長吉に与えた朱印状の第四条に明記されている。

〈一、仰せ付けられた内容について、国衆や百姓どもに合点がいくように、よくよく申し聞かせて下さい。もし不届きな輩がいるようなら、城主の場合はその者の城へ追い入れ、皆で相談して一人も残さずなで斬り（皆殺し）にするよう命じます。百姓以下の者たちが不届きなようなら、一郷でも二郷でもなで斬りにして下さい。日本全国に堅く仰せ付けられたことですから、出羽奥州までおろそかにしないことです。たとえ亡所《ぼうしょ》（耕作者がいない土地）になったとしても構いません。そう覚悟して下さい。山の奥、海は櫓櫂《ろかい》の及ぶかぎり念を入れることが大事です。もし皆がやりたくなければ、関白どのはご自身で出向いてでも仰せ付けられるつもりです。承知したなら、早急に返事をよこして下さい〉

この命令は奥州奉行の長吉ばかりか、仕置に関わる大半の大名に出されている。

それに従わなければ所領を没収されるのだから、誰もがためらいを振り切って実行せざるを得なかったのである。

奥羽の仕置を終えた秀吉は、九月一日に意気揚々と京都にもどったものの、九月下旬には出羽の仙北《せんぼく》地方で反撃の狼煙《のろし》が上がった。

この地の検地は大谷吉継《おおたによしつぐ》勢が担当していたが、あまりの横暴に耐えかねた横手盆地周辺の領主や在地の武士、百姓たちが、検地に当たっていた雑兵五、六十人を打ち殺し、山々に逃げ入ったのである。

この反乱が呼び水になったのか、十月十六日には木村吉清に与えられた葛西、大崎領で大規模な一揆が起き、秀吉の直轄領とされた和賀、稗貫領にまで飛び火した。

徳川家康のもとに一揆勃発の報がとどいたのは十一月二日のことだった。葛西、大崎の仕置を終えて都へ向かっていた浅野長吉が、異変を聞いて急使を送ってきたのである。

「木村吉清どのの領内で一揆が起き、葛西、大崎の旧臣どもが登米《とよま》城（寺池城）、佐沼《さぬま》城、高清水《たかしみず》城に攻め寄せているとのことでございます」

使い番が中庭に片膝をついて告げた。

「主長吉《あるじ》は駿府において急報に接し、急ぎ奥州にもどることにいたしました。五日には江戸を訪ね、大納言さまと対応を相談したいと申しております」

「一揆の原因は何だ」

「大崎領の地侍が伝馬《てんま》の役に従わなかったために、鎮圧の兵を出してからめ捕り、主謀者三十人ばかりを磔《はりつけ》にいたしました。それに怒った周辺の領民が、木村勢に襲いかかったそうでございます」

これがきっかけになって、大崎領ばかりか葛西領でも一揆が起こったのだった。

「木村吉清どのは、どうしておられる」

「嫡男清久どのと一手になるために佐沼城に駆け込まれましたが、一揆勢に包囲されて身動きが取れなくなっているようでございます」

「やはりあの御仁では、大封を預かるのは無理だったようだな」

家康は小田原の陣中で会った吉清の杓子定規《しやくしじようぎ》な対応を思い出した。自分の陣所に投降した皆川広照と山上宗二を案内して来た時のことだ。

その頃は五千石の身上だったが、奥州仕置で三十万石の大封を与えられただけに、秀吉の命令を忠実にはたそうと領民に過酷な態度でのぞんだのだった。

五百の手勢をひきいた長吉は、予定通り十一月五日に江戸城にやって来た。

「江戸大納言どの、困ったことになり申した」

浅野長吉はさすがに疲れはてていた。三月の小田原征伐以来最前線で戦いつづけ、奥州の仕置においても総奉行に任じられて検地や刀狩りの指揮をとってきた。

それが十月初めにようやく一段落し、上洛して秀吉に報告しようとしていた矢先に一揆が起こり、急きょ引き返さざるを得なくなったのである。

歳は家康より五つ若いが、一瞬たりとも気を抜けない日々が九ヶ月もつづいたために、頬が削げ落ちて面長の顔が痛々しいほどにやつれていた。

「委細はご使者からうけたまわりました。葛西、大崎ばかりか和賀、稗貫や出羽の仙北、庄内でも一揆が起こっているとすれば、示し合わせたものと見るべきかもしれませぬ」

家康は陸奥と出羽の絵図を広げた。これまでよく知らなかったが、関東の倍以上の広さがある。しかも一揆が起こっている場所は、奥羽の中心部に位置していた。

「二本松《にほんまつ》には浅野正勝を残して指揮に当たらせております。すでに伊達政宗どの、蒲生氏郷どのに出陣を要請し、葛西、大崎の鎮圧に向かっておりますが、例年にない大雪で難渋しているようでござる」

「それがしは関白殿下に、奥羽の惣無事を命じられております。加勢の軍勢を出すべきと存じますが」

「そうしていただければ有り難い。蒲生どのが二万余をひきいて出陣しておられますので、会津の守りが手薄になっております。ここを一揆に狙われれば危ういことになりかねませぬ」

「承知いたした。館林城の榊原康政と結城家の養子となった倅秀康を、黒川城に向かわせようと存ずるが、いかがでござろうか」

「異存はございません。関白殿下にはその旨を伝えておきましょう」

長吉は早く対処しようと焦っている。その上疲れがたたったのか、深く考えもしないで同意したのだった。

翌日、奥州に向かう長吉の一行を見送った後、家康は本多正純を呼んで榊原康政と結城秀康に出陣を命じる書状を筆記させた。

康政は直臣なので問題はないが、秀康はすでに独立しているので重臣の山川晴重《はるしげ》あてに出すことにした。

　結城家の一門である山川晴重に送る書状には次のように記した。

「奥州葛西表、一揆など差し起こすについて、今度浅野弾正《だんじょうしょうひつ》少弼どの下られ候。大儀ながら白河まで相移《あい》られること尤《もっと》もに候」

「ご無礼ながら、お伺いしたいことがありますがよろしいでしょうか」

　本多正純が几帳面な楷書で書き終えてからたずねた。

「申せ。遠慮はいらぬ」

「秀康さまは殿のお子とはいえ、徳川家の与力大名ではないと存じます。出陣の命令を下すことができるのでしょうか」

「案ずるな。浅野どのが関白殿下に報告して許しを得て下さる」

「それならば殿下のお許しを先に得るべきと存じますが」

　正純は臆することなく考えをのべた。

「急がなければ戦に間に合わぬ。火急の場合ゆえにこうしたと、後で承諾を得るのは良くあることじゃ。それにな」

　これは秀康を与力大名として扱うための策でもあった。秀康を出兵させたことを秀吉が認めたなら、以後も同様にしていいという許しを得たも同じだからである。

「承知いたしました。短慮を申し上げて失礼いたしました」

「構わぬ。若いうちは何にでも疑問を持つことが大切じゃ。その答えを得ることで、ひとつひとつ知恵がついていく」

家康は教師のような気持ちになった。正純は素直で賢い、教え甲斐のある若者だった。

次に五百両（約四千万円）を用意し、服部半蔵を呼んだ。

「知行割りでは苦労をかけた。お陰で大きな混乱もなく転封を終えることができた」

「殿のご配慮ゆえでございます。西の丸の屋敷を拝領し、伊賀の者たちを住まわせることもできるようになりました」

家康は本能寺の変の後に、伊賀越えの道をたどって岡崎城まで逃げ帰った。半蔵はその時に援助してくれた伊賀者たちを呼び寄せ、家臣に取り立てていた。

「奥州で一揆が起きたそうだ。聞いておるか」

「葛西と大崎の旧臣が騒動を起こしたとは聞きましたが、詳しいことは存じません」

「浅野どのは蒲生と伊達に出兵を命じられたそうだ。ただごとではあるまい。そちに来てもらったのはそのためだ」

「奥州の探索をせよと」

「何が起こり、この先どうなるか、できるだけ詳しく知りたい」

これは仕度金だと、家康は五百両の包みを差し出した。

「心得ました。ならばそれがしも奥州へ行かせていただきとうございます」

「奥州の冬は厳しく雪も深いという。何も自ら行くことはあるまい」

「実はかの地には、いささかゆかりがござる。何が起こっているのか、この目で確かめたいのでございます」

服部半蔵は西の丸の屋敷にもどると、その日のうちに二人一組にした配下三十人を奥州に向かわせ、自分も諸国往来の武芸者に姿を変えて後を追ったのだった。

旧領からの転封は、十月末までにとどこおりなく終わった。小田原城にとどまっていた家康の家族も、大久保忠世に案内されて江戸城に到着した。

家康は十二月一日に家族だけで引っ越しの祝いをしたが、朝日姫とお愛の方はすでに他界し、西郡の方は娘の督姫と小田原城に残っている。

集まったのは秀忠と福松丸（忠吉）、二人の養育係をつとめる阿茶《あちゃ》の局《つぼね》。岡崎城にいたお万の方と登久姫と熊姫、遠州で見初めた茶阿《ちゃあ》の局。それに母親の於大の方だった。

「何だかずいぶん顔ぶれが変わりましたね」

祝いの膳を前にして、於大が遠慮のないことを言った。

三年前に夫の久松俊勝が他界したので尼姿になっているが、六十三歳になった今も奥向きのことには鋭い目を光らせていた。

「皆には不自由な思いをさせましたが、ようやく転封も終わりました。母上、江戸はいかがですか」

「三河や駿河とちがって、風が冷たいですね。この城も高台の上の吹きっさらしだし、あたりは淋しげな蒲《がま》の原だし」

「やがてこの高台を切り崩して平城にしますし、蒲の原も埋め立てます。ここは立派な町になりますよ」

「それまで生きていられるとは思っておりませんが、あなたが見込んだのならその通りでしょう」

ともかくこの冬を乗り切ることだと、於大が寒さに身をすくめて襟元《えりもと》を合わせた。

「この機会に皆に申し渡しておくことがある。ひとつは世継ぎのことだ」

家康は皆を見渡し、十二歳になった秀忠を世継ぎにすると明言した。

小田原征伐の前に秀忠は秀吉の一字をもらって元服し、秀吉の養女と縁組している。この時から跡継ぎにすると決めていたが、家族にも話しておこうと思ったのだった。

「阿茶の局にはこれからも秀忠と福松丸の世話をしてもらう。世継ぎとして立派に育ててくれ」

「かたじけのうございます。皆様のお力添えなくしては成し遂げられぬ大役ゆえ、よろしくお願いいたします」

阿茶の局が左右を見て頭を下げた。

名を須和《すわ》という。武田家の家臣だった夫との間に二人の男児をもうけたが、夫が他界したために家康の側室になった。戦場にも何度か従った気丈な女で、三十六歳になる。

お愛の方が亡くなってからは、秀忠と福松丸の世話を任せていたが、今後は教育係もつとめてもらうことにしたのだった。

「もうひとつはお登久とお熊の婚礼のことだ。お登久は小笠原秀政との縁組を取り決めていたが、今年のうちに嫁がせることにした。お熊にも本多忠勝から嫡男忠政の嫁に迎えたいとの申し入れがあり、本人の了解を得た上で話をまとめた」

そこで熊姫も年内に嫁がせることにして、すでに準備を進めている。登久姫は十五歳、熊姫は十四歳になるので、いい年頃と言うべきだった。

「私は十三で嫁ぎ、十四でお祖父《じい》さまを産みました。丈夫な児《やや》をもうけることが、女子《おなご》の役目なのですよ」

於大が勢い込んで言いきかせたが、二人は笑みを浮かべて聞き流しただけだった。

「お万の働きがあったからこそ、お登久とお熊が立派に育ってくれた。ところがお万は、二人の嫁入りを機に当家を離れたいと申しておる」

「お万、本当ですか」

於大は驚きに眉を吊り上げた。

「申し訳ありません。わたくしの役目は終わりましたので、秀康の所へ行かせていただくことにしました」

秀康がいる下野の結城城は、登久姫が嫁ぐ古河城に近い。それもお万が決意した理由だった。

「そんな。それではこの私は、この先何を楽しみに生きていけばいいのですか」

「母上は秀忠や福松丸に、先祖がどんな生き方をしたか語り聞かせてやって下さい。それが当家の歴史なのですから」

家康はその場をつくろおうとして思いつきを口にした。

「二人には阿茶の局がついていますから、私などは邪魔になるばかりです」

於大がぴしゃりとはねつけ、阿茶の局の隣に座る茶阿の局を見やった。

「あなたはいくつになりましたか」

「二十四でございます」

茶阿の局は物怖《ものお》じせずに於大を真っ直ぐに見返した。

「前夫との間に娘が一人いましたね。確か七つか八つの」

「八つでございます」

「それならもっと子供ができるでしょう。二人でも三人でも産んで、この城をにぎやかにして下さい」

「それは殿に言っていただかなければ、叶わぬことでございます」

「そこは手練手管でしょう。あなたのように若くて美しければ、雑作もないと思いますよ」

於大が言うように、茶阿の局の美しさは際立っていた。細くすっきりとした顔立ちで、人を惹《ひ》きつけずにはおかない生き生きとした黒い瞳をしている。きめが細かい色白の肌で、乳房や腰の肉付きが豊かである。

名はお久《ひさ》。十五歳の時に遠江の金谷《かなや》村の鋳物師《いもじ》の後妻となって娘を産んだが、娘が三歳になった頃に村の代官がお久に横恋慕し、夫を闇討ちにした。

お久は夫の仇《かたき》を討ってもらうために、鷹狩りに来ていた家康の前に駆け込んで事の次第を訴えた。家康はお久と娘を浜松城で保護し、代官の非が明らかになるのを待って討手《うって》を差し向けた。

これで一件が落着したが、家康はお久の美しさと度胸の良さに惚《ほ》れ込み、そのまま側室にしたのだった。

「お言葉ですが、於大の方さま、殿は手練手管になびくような方ではありませんよ」

「まあ、それならあなたの何に惹かれたというのですか」

「さあ、何でございましょうか」

茶阿の局は答えてくれと言わんばかりに家康に目をやった。

於大とは気性が似ているので遠慮のない言い合いになることが多いが、二人ともそれを楽しんでいるようだった。

家族の宴が終わりに近付いた頃、

「殿、浅野弾正どのよりご使者でございます」

本多正純がそっと耳打ちした。

家康は居間を抜け出し、中庭に控えた使い番と対面した。

「葛西、大崎一揆の鎮圧に出陣された蒲生氏郷どのから、伊達政宗どのに謀叛《むほん》の企てがあるとの訴えがありました」

使い番が渡した浅野長吉の書状には、三つのことが記されていた。
一、一揆は政宗が起こさせたもので、目的は秀吉の奥羽の仕置を失敗させて旧来の秩序を取りもどすこと。

一、氏郷は政宗の不意打ちを避け、名生《みょう》城（宮城県大崎市）に立て籠もっていること。

一、氏郷を救い出して政宗の奸計《かんけい》を封じるために、家康にも出陣してもらいたいこと。

「信じられぬ。いくらあの若者でも、関白殿下を敵に回して勝てるとは思うまい」

家康は箱根の早雲寺で会った政宗の不敵な面構えと、当意即妙の話しぶりを鮮やかに覚えていた。

「葛西晴信や大崎義隆は、もともと伊達家に従っておりました。新しく入封された木村吉清どのが討ち取られれば、その所領が伊達家に与えられる可能性があります。また氏郷どのが一揆勢との戦いで討ち取られれば、蒲生家は改易をまぬかれませぬゆえ、その跡地も伊達家のものにしようとしておられるものと存じます」

「しかと証拠があってのことか」

「伊達家の家臣である須田伯耆《ほうき》という者が、政宗どのが一揆を扇動していると氏郷どのに訴え出たそうでございます。須田の訴状と証拠の密書は、関白殿下のもとに送られました」

密書とは政宗が大崎家の旧臣にあて、挙兵を指示したものだという。

「承知した。早急に仕度をととのえて出陣する。浅野どのにそう伝えてくれ」

「軍勢はいかほど」

「一万五千。先陣は井伊直政に申し付ける」

家康はさっそく本多正信、酒井忠次、石川家成の宿老三人に手配を命じたが、七日後に浅野長吉から再び使者が来た。

「名生城の蒲生氏郷どのより書状が到来いたしました。政宗どのに別心はなく、互いに起請文を交わして和解なされたそうでございます」

使い番が差し出した長吉の書状には、氏郷の書状の写しが添えられていた。

蒲生氏郷の書状には、伊達政宗と交わした起請文の内容も記してある。浅野長吉はこれで最悪の事態は避けられたと安堵の胸をなで下ろし、このことを秀吉に申し次いでほしいと記していた。

先に氏郷が政宗の謀叛を訴えた時、あわてて注進したために、わずか十日足らずで訂正するのはばつが悪いようだった。

「承知いたした。とにかく無事におさまって何よりだと、浅野どのに伝えて下され」

家康はその日のうちに秀吉の側近である富田一白と津田盛月に、長吉の書状を添えて状況を報告した。

その中の一文が実に味わい深いので、意訳して紹介させていただきたい。

「浅野長吉から以前に申し上げたことは、政宗の様子を見届けることなく報告したという知らせがありました。政宗が謀叛を起こすはずがないと驚いていたので、そのような心配はないと書面で知らせがあり、ひとまず安心いたしました」

ともかくほっとしている家康の素顔がうかがえるが、翌日には服部半蔵が奥州からもどり、思いもよらぬ知らせをもたらした。

「伊達政宗どのの謀叛の噂は、どうやら事実だったようでございます」

半蔵の赤黒く雪焼けした顔が、厳しい探索だったことを物語っていた。

「それはどういう訳じゃ。氏郷どのは政宗に別心なしという書状を送っておられるが」

「一揆勢にもぐり込んだ配下からの知らせによると、葛西、大崎の旧臣たちは政宗どのから旧領安堵の約束を得ているそうでござる。それゆえ伊達勢が攻めてきた時には戦わずに逃げるし、合戦となっても双方の鉄砲に弾《たま》を込めてはいないとのこと」

「鎮圧するふりをして時間をかせぐということか」

「さよう。奥州は胸まで埋まるほどの大雪で、手足の指がちぎれるほど寒さが厳しゅうござる。木村勢も蒲生勢も冬場に慣れておりませぬゆえ、長引くほどに疲弊も大きくなります。それを待って討ち取る計略のようでござる」

それを一揆勢の仕業だと言い、その後で伊達勢が一揆を鎮圧したことにすれば、葛西、大崎領も会津の蒲生領も政宗に与えられると見込んでいるという。

「氏郷どのが名生城に籠もられたのは、それを防ごうとしてのことか」

「一揆を扇動したばかりではございません。政宗どのは氏郷どのと対面した時、毒殺しようとなされたのでございます」

二人は葛西、大崎領への進攻を打ち合わせるために、十一月十四日に下草城《しもくさ》（宮城県黒川郡大和町《たいわちょう》）で対面した。政宗は茶室で氏郷をもてなしたが、隙を見て毒を盛った。

だが氏郷はこうした場合に備えて、「西大寺《さいだいじ》」という解毒剤を飲んでいたので難を逃れた。その夜、氏郷の陣所に須田伯耆が駆け込んで来て、政宗に叛心ありと訴えた。

あたりは深い雪におおわれ、猛烈な吹雪である。伊勢の松坂から転封してきたばかりの蒲生勢には、雪中で戦った経験もないし装備も不足している。

このままでは政宗にいいようにやられかねないと判断した氏郷は翌日、早々に出発して一揆勢が占領していた名生城を攻め落とし、伊達勢の攻撃に備えて立て籠もることにした。

そうして浅野長吉に急使を送り、政宗に謀叛の企てがあると訴えたのである。

「政宗はそのような策を用いる男には見えなかったが……。どうして毒を用いたと突き止めた」

「蒲生勢の中にも、それがしの配下がもぐり込んでおります。奥州では昔から狩りに毒矢を用いておりますので、毒殺が珍しくないようでござる」

氏郷も危険を痛感し、重臣の蒲生郷成《さとなり》にあてた書状で「方々《ほうぼう》へ毒薬入れ候よし候間、気遣い専一に候」と注意をうながしている。

実は政宗自身も、小田原城に参陣する直前に実の母親に毒を盛られてあやうく死にかけたのだった。

「しかし二人は起請文を取り交わして和解しておる。これで争いはおさまったと、浅野どのから知らせがあったばかりだ」

「確かに和解なされました。政宗どのは十一月二十四日に佐沼《さぬま》城を攻めて木村吉清、清久父子を救い出し、名生城の氏郷どのに二人を引き渡されました。そこで氏郷どのも政宗どのに叛心はなかったと浅野どのに知らせたのでござるが、これは互いに深謀あってのことでございます」

政宗は氏郷の歓心を買うことで、一揆を扇動したり毒を用いた事実を帳消しにしようとした。氏郷は名生城での籠城をつづけるには兵糧も防寒具も不足していたので、ひとまず政宗との和解に応じることにしたのだった。

「和解が成ったとはいえ、氏郷どのは政宗どのを信じてはおられません。いまだに名生城に踏みとどまり、伊達から人質を取った上で会津に帰ろうとしておられます」

服部半蔵の報告は詳細をきわめていた。

「ならば、この先どうなる」

「政宗どのは人質を出されるようでござるが、隙あらば名生城ごと氏郷どのを消し去ろうとなされるでしょう。氏郷どのはこれを防ぐために、浅野どのや関白殿下に状況を逐一報告しておられますので、政宗どのは責任をまぬかれることはできぬと存じます」

「氏郷どのと、連絡を取る機会はあったか」

家康はそのことが気になった。

蒲生氏郷は十三歳の時に信長の人質にされたが、信長は彼の才質を見込んで娘を嫁がせ、近習として重用した。本能寺の変の後は秀吉に乞われ、妹を側室に差し出して密接な関係を築いている。

レオンという洗礼名を持つキリシタン大名で、高山右近とは特に親しい。利休七哲の一人でもあり、今年で三十五歳になるはずだった。

「それはできませんでした。蒲生家の内情については、潜入している配下が知らせてきたのでござる」

「奥州にはゆかりがあると、出発前に申しておったな」

「お恥ずかしい限りでござるが、若い頃に惚れた大夫《たゆう》が陸奥の信夫《しのぶ》の出身でございました」

半蔵が青年のようにはにかんで打ち明けた。

「ほう。それは初めて聞く話だ」

「舞の名手で、折々に安達《あだち》が原《はら》の物語など聞かせてくれました」

「陸奥の安達が原の黒塚《くろづか》に、鬼籠もれりと聞くはまことか。そんな歌があったな」

「能の演目にもございます。しかしそれは都人が、奥州を鬼が棲《す》む異国だと恐れ蔑《さげす》んでいたために生まれたものだと、女は申しておりました。逆に奥州の者たちには、無理難題を押しつけてくる都人に対する怨念があるそうでございます」

奥州は蝦夷《えみし》の国であり、これまで常に征服と侵略の対象にされてきた。阿倍比羅夫《あべのひらふ》や坂上田村麻呂《さかのうえのたむらまろ》、前九年の役、後三年の役、源頼朝の奥州討伐と、枚挙にいとまがないほどである。

「そして今度は関白殿下による奥州仕置でござる。こうした横暴に対する反発があることを念頭におかなければ、一揆の理由も分からぬと存じます」

「なるほど。そう思うゆえに、奥州に行ったということか」

「昔の情に引かされたわけではござらぬ。女の話が事実かどうか、この目で確かめたかったのでござる」

「責めておるのではない。半蔵、そちが若い日の熱さを今も持っていることが嬉しいのだ」

家康もお市の方との思い出を大切にしている。甲斐にいた時に反物や端綿《はわた》などとともに贈られた「陸奥のしのぶもじずり」の歌は、今も埋《うず》み火《び》のように身の内にあった。

服部半蔵が予測した通り、伊達政宗は罪をまぬかれることはできなかった。秀吉は十二月十五日付で軍令を発し、蒲生氏郷の救援に向かうように命じた。

その命令は以下の通りである。

家康は本隊一万と、結城秀康、榊原康政の三、四千をひきい、二、三里ほどの間をあけて段々に陣を取り、氏郷が立て籠もっている名生城へ向かうこと。

岩瀬（福島県岩瀬郡）には甲斐少将加藤光泰、その五里ほど北に真田昌幸や石川数正など。その三里ほど北には堀尾吉晴、さらに三里先には山内一豊などを配し、その三里先に中村一氏。

彼らが奥州の中通りを進み、浜通りは石田三成と佐竹義宣が北上する。ただし氏郷が名生城を出て無事に会津にもどったなら、ただちに進軍を中止せよ――。

これは政宗に計略を断念して上洛させるための布石だが、注目すべきは家康の旧領に配された大名たちが羽柴秀次の指揮下におかれ、家康の後方に従うように命じられたことだ。

関東に家康、旧領に秀次配下の大名、そして尾張に秀次を配し、一体となって奥羽の仕置にあたらせようと、秀吉は小田原征伐の直後から意図していたのである。

興味深いのは「遠州、駿州、三州者には人数持（大名）に金を貸し、兵糧を調えさせよ」と命じていることだ。中村一氏や山内一豊らに自前で兵糧を確保させるばかりでなく、金を貸すことで束縛を強めようとしていたのである。

しかも秀吉は、十二月十八日に秀次にあてた書状で、自分も遠州か駿府まで出陣して、処置が手ぬるいようなら一騎駆けをしても指揮をとると書いている。

秀次や配下の大名たちの力量や忠誠を、必ずしも信用していなかったのである。

波乱の予感をふくみながら天正十九年（一五九一）になり、家康は五十歳になった。

信長が好きだった『敦盛《あつもり》』に、「人間五十年、下天の内をくらぶれば、夢幻の如くなり」という一節があるが、寿命とされる歳《とし》を迎えたのである。

家康は江戸城で初めての年賀の儀をおこなった後、一月五日には秀吉に命じられた通り奥州に向かって出陣した。

ところが岩槻城まで着いた時、浅野長吉から蒲生氏郷が無事に会津にもどったという知らせが届いた。そこで進軍を止めて秀吉からの指示を待ち、退却の命令を受けて江戸城にもどることにした。

その途中、宇都宮から清洲城に向かっていた羽柴秀次から、武蔵府中にとどまっているのでお目にかかりたいという知らせがあり、百騎ばかりで駆けつけた。

そして今後の奥州のなりゆきと伊達政宗の処遇について話し合い、どのような事態になっても協力して対処すると申し合わせた。

この席で秀次のもう一人の叔父、大和大納言秀長の話が出た。秀長は小田原征伐前から体調を崩していたが、病状は悪化するばかりだと、秀次は案じ顔で打ち明けた。

「叔父上は思慮深く温厚なお方で、これまで諸大名との折衝にあたってこられました。関白殿下が存分に腕をふるうことができたのは、叔父上の支えがあってのことです。万一のことがあればと、気が気ではありません」

秀次は豊臣家の機密に関わることまで話し、家康の力添えを頼んだ。

家康も秀長の病状を気にかけ、家老の藤堂佐渡守高虎に何度か問い合わせの書状を送っていた。

この月三十日にも書状を送って病状をたずね、上洛することを知らせている。

「たびたび飛脚をもって書状を送りましたが、いまだに返事がありません。秀長どのの病状がどうなのか知らせてほしいと思います。我らも早く都に向かうつもりでおりましたが、伊達政宗の上洛を図るように重ね重ね申し付けられ、遅延しておりました。政宗もようやく命に服することになりましたので、我らも来月三日に江戸を発つことといたしました」

天正十九年には閏一月がある。

家康は藤堂高虎に知らせた通り閏一月三日に江戸を発ち、雪の降りしきる中を京都に向かった。

供は軽装備の一千騎だけで、武装しなくても東海道を往来できる平和な時代が来たことを示している。それは九年前、信長が富士遊覧の帰りに身をもって実行したことでもあった。

家康は駿府城、浜松城、岡崎城など、東海道ぞいの城に立ち寄り、新しく城主となった者に伊達政宗上洛のことを告げ、道中の警固や宿所の手配に万全を期すように命じた。

またこの機会に京都から奥州まで継ぎ飛脚を整備し、秀吉の命令と奥州の情報が迅速に行き交うようにしなければならなかった。

岡崎城を出て矢作川を渡った時、畿内の探索にあたっている音阿弥が現れた。

「大和大納言さまが、先月一月二十二日にご他界なされました」

音阿弥は使い番の若侍に姿を変え、豊臣家の使いであることを示す撓《しない》を背負っていた。

「その撓はどうした」

「藤堂佐渡守さまがさずけて下さり、殿に使いせよとお命じになりました」

家康は京都の観世座に音阿弥がいることを高虎に告げ、万一の時には連絡に使うように頼んでいたのだった。

「それから関白殿下は、閏一月八日にイエズス会の宣教師《バテレン》らを聚楽第に招き、ヴァリニャーノや少年使節と対面なされました」

「どのような様子であった」

「インド副王の使節ということで、五十人ばかりが色鮮やかな装束をまとい、副王からの贈り物をたずさえて聚楽第までねり歩きました。沿道には大勢の見物客がいて、関白殿下はバテレン追放令を撤回されると噂しておりました」

秀吉はその二日後に尾張に向かい、鷹狩りのために清洲城に滞在することにしたという。

「大儀であった。少し待て」

家康は高虎への悔やみの書状を音阿弥に託した。

清洲城に着いたのは閏一月十八日のことである。天正大地震の後に織田信雄が改修した城には羽柴秀次が入り、堀を深く石垣を高くして備えを厳重にしていた。

城には秀吉の手勢五千ばかりが詰めている。滞在の目的が鷹狩りだけではないことは明らかだった。

表御殿の書院で、秀吉は富田一白や津田盛月と何事かを話し合っていた。奥州の絵図を前にしているので、伊達政宗の処分に関することのようだった。

「江戸大納言、足労をかけた。おみゃあさんが来るのを待っとったで」

秀吉は絵図を仕舞い、二人に下がるように命じた。

「このたびはいろいろ面倒をかけてまったがね。伊達の若造がこんなことを仕出かすとは思いもせんかったがねー」

「浅野弾正どのから、政宗どのが上洛されるという知らせをいただきました。大事にならずに安堵いたしました」

それよりこの度はと、秀長逝去の悔やみをのべた。家康より二つ上だから、五十二歳になるはずだった。

「小一郎とおみゃあさんは、両腕と思っとった。こんな時に死んでまうなんて」

秀吉は洟《はな》をすすり、今日は清洲城に泊まっていけるかとたずねた。

「むろん、何日でも」

「そんなら酒でも呑もまい。辛いし寒いし、まぁいかんがや」

秀吉は先に立って御焚火《おたきび》の間に案内した。囲炉裏《いろり》を囲み、酒を呑みながら語り合うための部屋である。囲炉裏には赤々と炭が燃え、鉄瓶からは勢い良く湯気が上がっていた。

秀吉は徳利と肴を運ばせ、自ら酒に燗《かん》をつけた。

「恐れ多い。それがしにお申し付け下され」

「ええって、ええって。今日はわしに任せてちょ。昔はようけお燗番をさせられたもんだわ」

言葉通り器用に徳利をつまみ上げ、家康と自分の茶碗《ちゃわん》に酒を注いだ。肴は目刺しと青菜の漬物だった。

二人は顔を見合わせ、秀長に献盃《けんぱい》して酒を口にした。寒風の中で冷え切った家康の体に、熱い酒が心地よくしみ込んでいった。

「おみゃあさんはどう思う。伊達の若造をどうしてやろまいか」

「一揆を扇動していたのは事実のようでございます。しかしお申し付けに服して上洛するのですから、穏便な処分をなされるべきと存じます」

「そう思うきゃ。おみゃあさんも」

秀吉は丈夫な歯で目刺しの頭をかみ切り、酒とともに呑み下した。

「今は奥羽を惣無事令に服させることを優先すべきと存じます。伊達家は長年奥州探題職をつとめてきた家ゆえ、奥州の押さえとして欠かせませぬ」

「それでは、毒を盛られてまった忠三郎《ちゅうざぶろう》（蒲生氏郷）の腹の虫がおさまらんのとちがうか」

「氏郷どのが納得できる働きを、政宗どのにさせるべきでございましょう。それでも足りなければ、処分の仕方はいくらでもあると存じます」

「ほうか。おみゃあさんもそう思うか」

秀吉は我が意を得たりと酒を呑み、今は奥州に手を取られるわけにはいかないと本音を吐いた。

「聞いとるやろう。余がバテレンどもと聚楽第で対面したことは」

「大変な盛儀であったと、京都の家臣から知らせがありました。追放令を撤回されるという噂もあるそうですが」

家康は知っていることを正直に話し、秀吉の真意を確かめようとした。

「難しいことだがや。ここだけの話にしてくりゃあすか」

秀吉は二本目の徳利を鉄瓶からつまみ出し、家康に酒を勧めた。

「むろん、他言はいたしませぬ」

「おみゃあさんも知っての通り、畿内と西国にはキリシタン大名がようけおる。その者たちがバテレンどもの命令を受け、余とヴァリニャーノを対面させようと動き回っとったんだわ。奴らは洗礼親のバテレンに忠誠を尽くすと誓っとるもんで、余の命令よりそっちゃを優先するんだがね」

それをどう押さえ込むかは、バテレン追放令を発して以来の秀吉の課題だった。

家康に関東八ヶ国におよぶ所領を与え、東国の柱石となるように命じたのは、キリシタン大名たちが挙兵した場合に備えてのことだ。

あれから四年、彼らは鳴りをひそめていたが、イエズス会の東インド巡察師であるヴァリニャーノがインド副王の使者として来日した。この機会に何としても秀吉との対面を実現し、バテレン追放令を撤回させようと画策していたのである。

「これに応じなければ、余が奥州の一揆に手を取られている隙に、皆で結託して足をすくおうとしとるんだて。その張本人は誰だか分かりゃあすか」

「黒田官兵衛どのでござろうか」

「そうだわ。あやつは本能寺の変に乗じて余に天下を取らせてくれたが、バテレン追放令を撤回せんようなら関白の座から引きずり降ろすと脅しをかけとるんだて」

「それは、どういうことでございましょうか」

「西国のキリシタン大名と連絡を取り、挙兵できる態勢をととのえとる。その旗頭に選んだのが毛利輝元なんだわ。ヴァリニャーノが長崎から上洛する途中に会った者たちの顔ぶれを見れば、そんなことはすぐに分かるがね」

有馬《ありま》晴信《はるのぶ》に見送られて長崎を出たヴァリニャーノの一行は下関まで陸路をたどり、諫早《いさはや》では龍造寺家晴《りゅうぞうじいえはる》、佐賀では二十二歳になる鍋島直茂《なおしげ》の息子、久留米《くるめ》では毛利秀包《ひでかね》の歓待を受けた。

そして秋月《あきづき》や小倉《こくら》でも多くのキリシタンたちと会い、ミサをおこなったり洗礼をさずけた後に、下関から海路室《むろ》の津《つ》に入った。

この地で多くの西国大名たちと対面したが、その中でもっとも有力な大名が毛利輝元だった。そのことについてルイス・フロイスは『日本史』の中で次のように記している。

〈のみならず巡察師は彼ら多数の人々と友誼《ゆうぎ》を結び親交を深めていった。特に山口の国主毛利（輝元）殿とは親しい間柄となった。（中略）彼は室《ムロ》においても、また後に都《ミヤコ》ででも、使節の貴公子たちと交際し親睦を深めることを無上に喜び、彼らを

尊敬し、かつ好意を示した〉（『完訳フロイス日本史5　豊臣秀吉篇Ⅱ』第二四章／中公文庫）

使節の貴公子とは、伊東マンショら少年使節四人のことだ。

イエズス会はヨーロッパで彼らのパレードを演出して東洋での活動の成果をアピールしたが、日本に連れもどってからも秀吉との関係改善をはかる切り札として用いた。

何しろ日本人として初めてヨーロッパを訪ね、ローマ法王にも謁見《えっけん》を許された四人である。日本の大名やキリシタンたちが先を争うように対面したがるのは無理もない。

イエズス会や黒田官兵衛らはその効果を充分に計算に入れた上で、少年使節を使って人々の注目を集め、秀吉にバテレン追放令の撤回と政策の変更を迫っていたのである。

「問題は伊達の若造が、官兵衛らと結託して一揆を扇動したかどうかだて。そうでなければ問題はにゃあで」

「蒲生氏郷どのはキリシタンでございます。その方と敵対している政宗どのを、官

よう」

「政宗に会って、それを確かめるんだて。おみゃあさんからもよう言い聞かせてち
兵衛どのが身方にするはずはないと存じます」

「承知いたしました。それで殿下は」

イエズス会にどう対応するつもりかと、家康はさらに踏み込んだ質問をした。

「毛利輝元を旗頭としてキリシタン大名が挙兵したなら、余に勝ち目はあらせんが
ね。硝石も鉛も南蛮から輸入しとるもんで、それを止められたら鉄砲も使えせん。

銀の輸出も止められてまう」

「確かに、おおせの通りと存じます」

「ほんなもんだで、勝てる手立てを講じるまでは、奴らと折り合いをつけるしかに
ゃあでしょう。そこで一つ策を用いることにしたんだわ」

「どのような策でございましょうか」

「どえりゃあ手だで、ぜってゃーに内緒にしといてちょ」

秀吉は釘を刺し、五年前にイエズス会が要求した明国出兵に応じると打ち明けた。

今はもう立ち消えになったが、あの時の要求を実行すると言えばイエズス会もス

ペインも拒むことはできないはずである。

　そこで彼らの同意を取り付けた上で明国に出兵することにして、キリシタン大名に先陣を申し付けるのである。

「それでうまくいけば朝鮮や明国が手に入る。そこにキリシタン大名を転封させりゃあええ。うまくいかんで戦に負けても、奴らの力を削ぐことにはなるで損はありゃせんがね」

　秀吉は再び目刺しの頭を喰いちぎり、茶碗の酒をひと息にあおった。

　家康は約束通り誰にも話さなかったが、後にこの計画はイエズス会に筒抜けになったようで、ルイス・フロイスは『日本史』の中にしっかりと書き留めている。

　それを知りたいと思われる方は、先に引用した『豊臣秀吉篇Ⅱ』第二二章（中公文庫）の「（北条殿に対する）この勝利は、関白の心を驚くべき傲慢さと底知れぬ過信で満し」以下を参照していただきたい。

　従来の「鎖国史観」では、家康や秀吉の真意は何も分からないと納得していただけるはずである。

第五章

明国征服計画

徳川家康が江戸にもどったのは、天正十九年（一五九一）三月二十一日だった。

清洲城で豊臣秀吉と対面した四日後、閏一月二十二日に上洛し、三月十一日に京都を発つまでの間、一瞬たりとも気が抜けない日がつづいた。

しかも京都から江戸まで百二十里（約四百八十キロ）ちかくを移動する長行軍で、体も心も疲れはてていたが、江戸に入ると強張っていた肩からほっと力が抜けるのを感じた。

入封してまだ一年にもならないが、この地が性に合っているらしい。今後のやり方ひとつで無限の発展をとげそうな可能性が、家康の気力を呼び覚ましたのだった。

一行は小田原口門（現外桜田門）を抜けて城内に入った。千鳥ヶ淵のまわりの桜は、家康の帰りを待っていたかのように咲き残っている。北条家が居城としていた頃、淵の土手を強化するために植えたものだった。

「二、三日のうちに宿老を招いて花見の茶会をしたい。仕度をしておけ」

近習頭となった本多正純に命じた。

宿老とした本多正信、酒井忠次、石川家成に都の状況を報告し、今後の方針を決めなければならなかった。

「場所はどこになされますか」

「そうだな。紅葉山の見張り櫓が良かろう」

本丸御殿に入って旅装を解き、ゆっくりと風呂に入って旅の疲れをいやそうと考えていたが、道中着を脱いで身軽になった途端に背筋に寒気が走った。

体が震え鳥肌立つほどの寒気で、立っているのも辛いほどだった。

「どうかなされましたか」

着替えの世話をしている茶阿の局が、即座に異変に気付いた。

「何やら調子が悪い。疲れが出たようだ」

「お風邪を召されたのではありませんか」

家康の額に手を当て、ひどい熱だと眉をひそめた。

「夜具の用意をしますので、横になって下さい。おなかはお空《す》きですか」

「ああ、何か食べさせてくれ」

「お粥《かゆ》の用意をさせます。薬師《くすし》はいかがいたしましょうか」

「不用じゃ。この程度なら、一晩寝れば治る」

家康は自分で調合した薬を薬籠《やくろう》に入れて持ち歩いている。それを飲んで急場をしのぐことにした。

粥を食べ薬を飲んで床についたが、家康の容体は良くならなかった。

夜半には熱にうかされ頭痛に責められ、時折骨も凍るような悪寒に襲われる。五十歳になり体の抵抗力が急に落ちたようで、時折夢とも現《うつつ》とも知れぬ幻影に苦しめられた。

都で会った秀吉や伊達政宗、千利休が異形の姿で現れる。

秀吉は阿修羅《あしゅら》のような形相をして「キリシタン大名どもに朝鮮を攻めさせ、使い殺しにしたるわ」と叫んでいる。

政宗は血走った独眼を異様に大きく見開いて、「計略が見抜かれたからには、葛西、大崎の牢人どもを皆殺しにして口を封じるしかありませぬな」とうそぶいている。

利休は二畳台目《にじょうだいめ》の茶室で茶を点てながら、肩を震わせて笑いを噛《か》み殺している。

何がそんなにおかしいのかとたずねると、

「さる関白はしょせんは猿でござるな。人真似ばかりで、小器用に立ち回るしか能がない」

口ぎたなくののしったが、次の瞬間うつむいていた首がぽとりと茶碗の上に落ちたのだった。

家康ははっと胸を衝《つ》かれて目を覚ますが、熱と頭痛にさいなまれて意識を失い、再び似たような幻影に襲われた。

ふっと意識がもどると、革で造った水枕が当てられ、薬師が手首をつかんで脈を診ている。側には茶阿の局と於大の方が案じ顔でのぞき込んでいた。

それが夜の時も昼の時もある。そうか。もう一昼夜が過ぎたのかと思った時、家康は横たわっている自分と枕辺の三人を天高くから見ていることに気付いた。

（なんと、わしはもう死んだのか）

死んだ者の魂は体から離れ、地獄か極楽へ行くと聞いている。極楽ならば御仏に会えるだろうが、地獄であれば血の池、針の山で責め立てられる。

（南無阿弥陀仏　南無阿弥陀仏……）

どうかお救い下さいと念じると魂は体にもどったが、枕辺の三人はいつの間にか秀吉、政宗、利休になって足高蜘蛛《あしだかぐも》のような生き物を家康の口に押し込もうとしていた。

（やめろ、わしはおぬしらとは違う。やめろ）

口をしっかりと閉ざし、首を左右に振って逃れようとしているうちに、再び意識を失っていた。

どれほど時間がたったのだろう。家康は熱や頭痛や悪寒から解き放たれ、柔らかく温かいものに体を包まれていた。

この肌の感触は、祖母の源応尼である。家康が今川家の人質になっていた頃、いつもこうして守ってくれたものだ。

（おばばさま、助けに来てくれたのですね）

家康は突き上げる歓喜に包まれながら、源応尼の乳房の間に顔をうずめた。

もう大丈夫、何の心配もない。そう思ったが、どこか感触がちがっている。豊かさも柔らかさも足りないのはなぜだと思い、家康ははっと目を覚ました。

顔は茶阿の局の乳房の間にあった。裸になって家康を抱き締め、悪寒の苦しみを少しでもやわらげようとしていた。

「お久、そなたか」

家康は茶阿の局の顔を見上げた。ふくよかさを増した慈悲深い顔は、阿弥陀仏のようだった。

「お気付きになられましたか」

「今、何刻《なんどき》じゃ。わしは何日寝付いていた」

「今日で四日目。二十四日の卯の刻（午前六時）頃と存じます。お加減はいかがでございますか」

「節々が痛むが、頭痛も寒気もない。どうやら峠を越したようだ」

「本当だ。熱もありませんね」

茶阿の局が子供の熱を計るように、自分の額を家康の額に押し当てた。

「今にして思えば、関白殿下も鼻水をたらしておられた。風邪を移されたのかもしれぬ」

「お疲れになられたのですよ。何度もうなされておられましたから」

「それも関白殿下のせいだ。天下は妙な具合に動こうとしている」

家康は茶阿の局に夜具を着させ、同衾《どうきん》したまま気がかりを打ち明けた。

ひとつは奥州仕置のことである。

秀吉は伊達政宗が葛西、大崎一揆を扇動していたことを知りながらも、キリシタン勢力と共謀していた事実はないことを確かめた上で罪を許すことにした。

だが無罪放免にしては毒殺されかかった蒲生氏郷らの気がおさまらないので、米沢をはじめとする所領五郡を没収し、木村吉清に与えていた葛西、大崎領に国替えして、後の始末をするように命じた。

これで一件落着かと思われたが、事はそう簡単には収まらなかった。

二月二十四日には、奥州南部家の重臣である九戸《くのへ》政実《まさざね》が反乱を起こした。

これには九戸家の一門や秀吉の仕置に反対する者たち、そして和賀、稗貫一揆や葛西、大崎一揆の残党たちが結集し、南部信直を圧倒する勢いを示している。

秀吉は二本松に残っている浅野長吉に信直の救援を命じるとともに、仕度がととのい次第十五万ちかい奥州仕置軍を編成し、羽柴秀次と家康に総大将を命じることにしていた。

もうひとつの気がかりは明国出兵である。

秀吉はキリシタン勢力の動きを封じるために明国に出兵すると言った。うまくいけば朝鮮、明国を征服できるし、たとえ失敗してもキリシタン大名の力を弱められるというのである。

清洲城で話を聞いた時、家康は半信半疑だった。いくら策謀家の秀吉でも、そこまで無茶はするまいと思ったからだが、京都に着いて状況を調べさせてみると、すでに出兵に向けて準備を進めていることが分かった。

昨年の八月二十日、秀吉は奥羽の仕置から帰陣する途中に小西行長と毛利吉成（勝信）を駿府城に呼び、「唐入り《からい》」の仕度にかかるように命じていた。これを受けて行長は重臣を肥前名護屋《ひぜんなごや》に派遣し、新城を建設するための調査にかかっていたのだった。

秀吉の方針に対して、弟の大和大納言秀長と千利休は強く反対した。

秀長は国内の治政を優先すべきだと主張し、利休はキリシタン大名を使い捨てにすることに反発していた。

ところが秀長は病没し、利休は秀吉の逆鱗に触れて切腹させられた。

都では利休が大徳寺《だいとくじ》の三門に自分の木像を置かせたことが僭越《せんえつ》だとか、茶道具を高く売って私腹を肥やしていたとか噂されていたが、これはすべて利休を罪に陥れるためのでっち上げである。

そのことを家康は良く知っている。なぜなら上洛した二日後の閏一月二十四日、洛中にある利休の屋敷に招かれ、二畳台目の茶室で二人きりで話をしたからだ。

「大和大納言どの亡き今、関白殿下をお諫《いさ》めできるのは貴殿しかおられません」

利休は茶を点てながら窮状を訴えた。

利休の高弟の中には高山右近や蒲生氏郷、織田有楽斎などのキリシタンがいて、秀吉の計略をいち早く伝えていた。それにどう対応するか苦慮していたのである。

「明国出兵を取りやめるように進言せよ、ということでございましょうか」

家康は利休の手元を見つめた。柔らかな手付きで茶筅《ちやせん》を振ると、抹茶のふくよかな香りが茶室一杯に広がった。

「天下の統一が、ようやく成ったばかりでございます。兵も民も疲れ果てておりますゆえ、国の外に新たな戦を求めることはあるまいと存じます」

「出兵はイエズス会から持ちかけられたものだと聞きましたが」

「さよう。殿下はそれを逆手に取り、イエズス会とキリシタン大名の動きを封じようとなされているのでございます」

「イエズス会やスペインが布教なき交易に応じるなら問題はないと、殿下は考えておられます」

キリシタン大名を救いたいのなら、その考えに添ってイエズス会を説得すべきではないか。家康は利休にそう迫った。

「堺の南蛮寺《なんばんでら》を訪ねて何度か話をしましたが、宣教師《バテレン》たちは応じようといたしませぬ。イエズス会は世界にキリスト教を広めると誓願を立てているゆえ、布教を放棄することはできないと申すのでございます」

「それならイエズス会は、明国出兵に同意したのでござろうか」

「キリシタン大名の軍勢だけで七、八万にはなりましょう。その者たちに最新の鉄砲を持たせ、弾薬を充分に補給すれば明国を征服することができると考えているようでございます。関白殿下と対立して日本を追われるより、この計略に賭けた方が得策だと判断したのでございましょう」

このままでは門弟たちが、秀吉からもイエズス会からも使い殺しにされかねない。利休はそう訴えたが、家康は説得役を引き受けようとはしなかった。

利休はキリシタンと通じ、自分と秀吉を離反させようとしているのかもしれない。その疑いをぬぐい去れなかったのだ。

「結局、利休どのは堺で切腹させられた。わしが都を発つ十日ほど前のことだ」

家康は茶阿の局を抱き締め、胸につかえたわだかまりを吐き出した。

「それでうわ言に、利休さまの名を呼んでおられたのでございますね」

「あれほどのお方じゃ。救う手立てがあったかもしれぬが、わしは手をこまねいておった。いや、尻込みしたと言うべきかもしれぬ」

利休の首は洛中にさらされた。一条戻り橋のたもとに立てた磔柱に利休の木像を縛り付け、木像の足に首を踏ませる無残なさらし方である。

家康も見物に行って秀吉への忠誠を示すように求められ、利休の罪科を面白おかしく記した高札がかかげてあるのを見た。

利休の首が落ちる幻影に何度も苦しめられたのは、その時の衝撃があまりに大きかったからにちがいなかった。

「ゆっくりお休み下さいまし。病がいえれば、お気持ちも楽になりましょう」

茶阿の局が家康の背中をいたわるようになでさすった。

「お陰で元気になったようじゃ。そちの肌が恋しくてならぬ」

「まあ、不埒なことをなされると、また熱が出ますよ」

「我らはこうした間柄じゃ。不埒などであるものか」

家康は茶阿の局の腰紐をほどき、夜着の合わせを開いた。形のいい乳房とくびれた腰があらわになった。

「もう夜が明けております。それに看病の間、湯あみもしておりませぬゆえ」

「わしも同じじゃ。何を遠慮することがある」

男というものは命の危険にさらされると、子孫を残す本能に突き動かされるらしい。家康は病み上がりとも思えぬ元気さで茶阿の局に挑み、存分の振る舞いにおよんだ。

甲斐あって、ひとつの命が宿った。後に家康の六男に数えられる松平忠輝《ただてる》がその人である。

二日後、家康は三人の宿老を茶会に招いた。五日の間に桜は散り落ちている。紅葉山の見張り櫓に登るのは取りやめ、本丸御殿の書院に席をもうけた。

本多正純は茶の心得もあり、端正な美しい所作で点前をする。しかも宿老たちにあらかじめ都でのことを報告し、すぐに対応策を話し合えるようにしていた。

「まず城の改修に取りかかるべきかと存ずる」

酒井忠次が城と城下町の絵図を広げた。

奥州で乱が起こり、西国でも不穏の形勢があるなら、豊臣家が倒れて天下が再び争乱になりかねない。そうなった時、旧式の城では心許《こころもと》ないと言うのである。

「こんな高台の曲輪では、守ることはできても討って出ることはでき申さぬ。万一大軍に包囲されれば、身方との連絡が取れぬまま孤立することになりましょう」

「忠次の申す通りじゃ。この高台を掘り崩し、使い勝手のいい城にしなければなるまい」

家康は本丸と西の丸を今の半分くらいの高さまで削り、その土を西側の低湿地に入れて嵩《かさ》上げすべきだと考えていた。

「そうすれば平坦な三つの曲輪を作ることができよう。北の丸は高いまま残し、詰めの城にすれば良い」

「よいお考えと存じます」

石川家成も賛成したが、まずは堀と塀を築いて守りを固めるべきだと言った。

「奥州での乱に乗じて、北条家の再興を企てる者たちが一揆を起こさぬとも限りません。曲輪の整備は天下が治まってからでも良いと存じます」

「正信、この儀はいかがじゃ」

「石川どののおおせの通りと存じます。ついでながら将兵の移動を迅速にするためにも、利根川から江戸城までの水運の整備を急がれるべきと存じます」

本多正信が絵図に指を置き、日比谷入江から利根川まで東西に結ぶ線を引いた。後に道三堀、小名木川として開通する水路だった。

「すでに伊奈忠次と大久保長安に命じてある。後は各地から人夫を集めるばかりじゃ。一万石につき人夫五人を出すように命じよう」

「明国出兵の儀は、正気の沙汰とは思えませぬ。関白殿下は来年朝鮮に渡ると、本気で考えておられるのでござろうか」

酒井忠次がたずねた。

「殿下からそう聞いたが、正信、そちはどう思う」

「奥州の乱が治まれば、出兵なされると存じます。関白殿下は天下を取られた時から、朝廷とクリスタン勢力という相容れぬものを抱え込まれました。それが政権の亀裂を生むとは、以前にも申し上げた通りでございます」

「確かにそうじゃ。二頭の馬をうまく御して思うように走らせると、殿下もおおせられたことがある」

「ところが関白となって朝廷を背負われたゆえに、バテレン追放令を出してキリスト教を封じることになされました。しかしながらヴァリニャーノと対面して追放令を自ら骨抜きにしてしまわれたために、再び二頭の馬の問題に直面されたのでございます」

それを解決するためにキリシタン大名を先陣として明国に攻め込ませるのは、夷《い》をもって夷を制する策だと、正信は秀吉の考えを解き明かしてみせた。

「朝鮮に出兵したならどうなる。明国まで攻め取ることができようか」

「弾薬の補給やナウ船の貸与など、スペインの支援を充分に得られれば勝算はありましょう。しかしそれを得るためには、相手の要求を呑まなければなりません」

「何じゃ。その要求とは」

「お分かりになりませんか」

本多正信は試すような目で家康、酒井忠次、石川家成を見やった。

「宣教師の居住やキリスト教の布教を認めることか」

「殿下は五年前に、教会保護状を発しておられます。まず手始めにそれを復させようとするでしょうが、朝鮮に攻め込んでますますイエズス会やスペインの支援が必要となれば、ここぞとばかりに要求を強めてくるものと思われます」

「そうか。さようであろうな」

さすが正信だと、家康は感心した。

秀吉は朝鮮や明国の征服に失敗しても、キリシタン大名の力を削ぐことになるから構わないと言った。だがいったん戦を始めたなら、こちらの都合でやめられるものではない。相手の反撃が激しければ、勝ちを焦ってずるずると深みにはまることもある。

そうなれば鉛や硝石を入手するためにイエズス会やスペインの支援に頼らざるを得なくなり、その見返りにどんな要求をされても拒むことはできなくなる。

（もしや、あの者たちは……）

そこまで見越して、明国出兵に協力することにしたのではないか。そんな疑いが家康の脳裡をよぎった。

スペインは世界中で植民地を築き、太陽の沈まぬ帝国を造り上げている。異国を支配する手立ては熟知しているし、たとえ秀吉が出兵に失敗して権力の座から転がり落ちても、少しも痛痒《つうよう》を感じないだろう。

感じないばかりか、これ幸いと黒田官兵衛や毛利輝元に天下を取らせ、自分たちの影響力を強めていこうとするにちがいない。

家康はふと、源応尼が遺言として残してくれた戯歌《ざれうた》を思い出した。

世の中はきつねとたぬきの化かしあい
欲ばしかいて罠にはまるな

それはこんな状況にも当てはまるのだと、おばばさまの知恵と配慮の深さを今さらながら痛感したのだった。

四月一日、家康は江戸城改修のための動員令を発し、一万石につき五人の人夫を江戸に送るように命じた。

翌日にこの命令を受け取った忍城の松平家忠は、日記（『家忠日記』）に次のように記している。

〈江戸の御普請一万貫五人ずつ越え候への由普請奉行より申し来り候〉

一万貫と書いているのは、所領を石高ではなく貫高で表示した貫高制の名残だろう。米一石はおよそ銭一貫なので、一万貫と一万石は同じと見なしているのである。関東における家康の領国は表高《おもてだか》二百四十万石なので、千二百人の人夫を動員したことになる。普通の軍役に比べれば百分の一の軽い負担だった。

江戸城と城下町の改修を、家康は陣頭に立って指揮した。まるで我が家を新築するような心の弾みと喜びがあって、毎日見回りに出歩いても少しも疲れない。自分は戦などよりこうした国造りの方が好きなのだと、心の底から実感していた。

普請奉行に任じた伊奈忠次は、江戸城の北から東を通り日比谷入江に流れ込む平川を、道三堀に流し込んで隅田川に流入させようと計画していた。

すでに江戸前島の付け根では道三堀の開削が始まっている。距離はおよそ半里（約二キロ）。今はまだ流路を示すために深さ半間（約九十センチ）ばかりを掘っているだけだが、やがて深さ一丈四尺（約四・二メートル）、幅二十間（約三十六メートル）の堂々たる運河が完成する。

同時に平川と道三堀をつなぐための水路の開削も始まり、伊奈忠次が両者の合流点に本陣を置き、小具足姿で指揮をとっていた。

「順調に進んでいるようだな」

家康は本陣を訪ねて忠次をねぎらった。

「人夫を集めていただいたお陰で、ずいぶんはかどるようになりました。幸い好天がつづいていますし、地面の土質がやわらかいので助かっております」

忠次は家康の前に工事の計画を記した図面を広げた。開削する川や運河の幅や深さばかりでなく、掘り起こした土で日比谷入江をどれほど埋め立てることができるかまで、詳細に記してあった。

「まず江戸前島の岸に沿って、高さ七尺（約二・一メートル）分の土を日比谷入江に入れます」

伊奈忠次が図面を示して説明した。

道三堀の長さが半里で、掘り出す土の量は幅二十間、深さ一丈四尺に半里を掛けた値となる。

江戸前島の長さも半里なので、岸に沿って高さ七尺分の土を入れていけば、幅四十間（約七十二メートル）の埋め立て地が造れる。

「こうして造成した土地に城下町を造り、商人や職人を住まわせます。町の中心には幅十間（約十八メートル）の道を通し、東海道につなげます」

忠次のこの構想はやがて実現し、道三堀と平川の合流地点の近くに日本橋をかけ、五街道（東海道、中山道、日光街道、奥州街道、甲州街道）の起点とした。後に「お江戸日本橋七ツ立ち　初のぼり」と俗謡に唄《うた》われたのはこのためで、家康の城下町造りが今日の日本橋や銀座の繁栄をもたらしたのだった。

五月も終わりに近付いた頃、下総の岩富城主とした北条氏勝が江戸城を訪ねて来た。

「会っていただきたい者たちがおりますが、よろしゅうござろうか」

「どのような者たちじゃ」

「かつて北条家に仕え、利根川（現江戸川）から水路を引こうとしていた者たちでございます」

水路を引く計画があると聞きつけ、その者たちが工事に加えてもらえないかと氏勝に訴えてきたという。

「組頭は小名木四郎兵衛《おなぎしろべえ》といい、それがしも知っている者でござる。話だけでも聞いてやっていただけないでしょうか」

家康はさっそく庭先に平伏した十数人と対面した。いずれも主家が滅亡したため に貧しい暮らしを強いられているが、日に焼けた精悍《せいかん》な面構えと足腰の強そうな引き締まった体をしていた。

「小名木四郎兵衛でございます。この者たちはかつての組下でござる」

毅然《きぜん》とした四郎兵衛の態度は、惚れ惚れするほど見事だった。年は三十半ばだろう。この男なら戦場でも普請でも、任せた仕事をきっちりとやり遂げるはずだった。

「組下はこれだけか」

「皆が四、五人の郎党を抱えておりました。普請を任せていただけるなら、五十人ばかりは集めることができまする」

「北条家の頃に水路を引こうとしていたと聞いたが、仕事はどこまで進んでいた」

家康は四郎兵衛の力量を確かめたくなった。

「これをご覧下されませ」

小名木四郎兵衛が『水路概要』と表書きした帳簿を差し出した。

利根川から隅田川までの水路の図を描き、幅や深さや距離ばかりか、必要な人夫の数や費用、工期まで記してある。

また水路を作る手順も、精密な図で説明してあった。まず水路の海側に松の大木を打ち込んで柵を作る。この柵に沿って波除堤《なみよけづつみ》を造って海水の流入を防ぎ、掘り起こした土を水路の両側に積んで土手にする。

試算によれば、五百人の人夫を使えば、長さ一里（約四キロ）、幅二十間（約三十六メートル）の水路が二年で完成するという。

「見事な計画ではないか。明日からでも仕事にかかれそうじゃ」

家康はこれまで何度も城や砦を築き、土木工事にも精通している。四郎兵衛の力量がどれほどのものかすぐに分かった。

「お申し付けいただければ、このまま現地に行って普請にかかり申す」

「ならば当座の費用に金五百両（約四千万円）と一千石の扶持を与えよう。人夫や工具については、伊奈忠次と相談してくれ」

こうして四郎兵衛が工事を任され、後に小名木川の名を残すことになったのだった。

奥州での九戸政実の乱は勢いを増すばかりで、三戸《さんのへ》城の南部信直は秀吉に救援の兵を送るように矢の催促である。

秀吉はそれに応じ、六月二十日に諸大名に出陣命令を発した。命令を伝える使者が江戸城に着いたのは六月二十五日のことである。

「江戸大納言さまには、尾張中納言秀次さまとともに大手の大将をつとめていただきたいとのご下命でござる」

使者が差し出した秀吉の書状には、六組に分けた大名の持ち場と行動予定が簡潔に記されていた。

九条からなる書状の内容を要約すると、次の通りである。

一、家康と羽柴秀次は二本松を通る中通りを進軍すること。

一、佐竹義宣と岩城《いわき》貞隆《さだたか》、相馬《そうま》義胤《よしたね》、宇都宮国綱《くにつな》、その外一手の衆は相馬を通る浜通りを進軍すること。

一、上杉景勝と出羽衆は最上通りを進軍すること。

一、二本松を通る諸将は、白河より北の城々に警固の軍勢を入れておくこと。

一、相馬を通る諸将は、岩城（いわき市）より北の城々に警固の軍勢を入れておくこと。
一、最上通りを通る諸将は、米沢より北の城々に警固の人数を入れておくこと。
一、家康と羽柴秀次は大崎に程近いところにとどまり、先陣の軍勢に不足が生じた場合には援軍を送ること。
一、葛西、大崎領はことごとく平定し、どの城を残すかは伊達政宗の判断に任せる。城の数を減らすように努め、残した城はきちんと普請し、その他の城は破却すること。
一、残して普請した城については郡分けや知行替えを行い、会津に近い郡は郡名にかかわらず会津の蒲生氏郷領とし、葛西、大崎に近い郡は、伊達政宗領とすること。

軍勢の編成は一番、伊達政宗、二番、蒲生氏郷、三番、佐竹義宣と宇都宮国綱、四番、上杉景勝、五番、徳川家康、六番、羽柴秀次で、総勢は十五万人ちかくになるはずだった。

「九戸勢は五千ばかりと聞いておる。これほどの大軍を動かす必要があろうか」

家康は不満だった。後陣に備えるために三万もの軍勢を出すくらいなら、江戸城や城下の工事に回したかった。

「それがしは殿下の書状をお渡しせよと命じられただけでございます」

使者はそう言って逃げるように立ち去った。

解せぬまま書状をながめているうちに、家康はふとあることに気付いた。

「正純、奥州と朝鮮の絵図を持て」

本多正純が二枚の絵図を即座に取り出してきた。間違いない。奥州の白河から南部領までと、朝鮮の釜山《ふざん》から平壌《へいじょう》まではほぼ同じ距離である。秀吉が大軍を動かし、浜通りと中通りに分けて進軍させるのは、朝鮮出兵を想定しているからにちがいなかった。

「そちはどう思う」

家康は正純の考えをたずねた。

「おおせの通りと存じます。朝鮮に攻め入ったなら、兵糧、弾薬の補給が重要になります。白河以北の城に兵を入れて繋《つな》ぎの城となされるのは、補給や命令を円滑に伝える訓練なのでございましょう」

「そちはこの日本国に、どれだけの人が住むか存じておるか」

「いいえ。存じませぬ」

「諸国の検地の結果を合わせれば、一千万人ほどだそうじゃ。その中から十五万もの軍勢を渡海させれば、家臣、領民の負担は筆舌に尽くし難いものになろう」

家康はそれを案じたが、秀吉を止める手立てはないのだった。

七月十九日、家康は降りしきる雨の中を奥州に向けて出陣した。榊原康政、井伊直政を先陣、本多忠勝を後ろ備えにした総勢三万である。

出陣に先立って秀忠を人質として上洛させている。江戸城の留守役は福松丸とし、酒井忠次ら宿老三人に後見を命じた。

その夜は岩槻城で一泊し、翌日は晴れ、二十一日は雨、二十二、二十三日は曇り、二十四、二十五日はまたまた雨にたたられ、鎧を濡らしぬかるんだ道に往生しながらの行軍がつづいた。

二十七日、奥州の入口である白河城に着いた。秀吉の仕置で白河は会津領とされ、蒲生氏郷の家臣が留守役をつとめている。彼らから宿所と兵糧のもてなしを受け、二日間とどまって行軍の疲れをいやすことにした。

その日の夕方、笠をかぶり裁着袴をはいた服部半蔵が訪ねてきた。家康の出陣前に配下をひきいて再び奥州に入り、状況を調べていたのである。

「伊達政宗どのは六月十四日に米沢を出陣し、葛西、大崎一揆の討伐にあたっておられます。その数一万五千でござる」

六月二十五日には宮崎城に立て籠もる一揆勢を攻め滅ぼし、二十七日には大崎領の守りの要である佐沼城を包囲した。

城には一揆勢五、六千人が立て籠もっていたが、政宗は身方の犠牲をいとわず攻め立て、七月三日に攻め落とした。

「二千人以上が討ち取られ、城内は遺体で埋めつくされて足の踏み場もなかったそうでござる。他の者は城から落ちのび、葛西領の登米城（寺池城）に逃れましたが、翌日には登米城も包囲されて降伏いたしました」

政宗は葛西、大崎一揆を扇動した罪で、本拠地米沢城と周辺の五郡を没収され、替地として葛西、大崎領三十万石を与えられた。

だがそれは一揆を鎮圧した「手柄次第」という条件がつけられているので、奥州仕置軍が到着するまでに平定を終えていなければ、約束を取り消される恐れがある。

そこで政宗は京都から米沢にもどるや否や出陣し、自ら扇動して一揆を起こさせた者たちを討ち取らざるを得なくなったのだった。

「政宗どのは体調がすぐれぬと聞いたが、まことか」

政宗からの書状に病気だと記されていたが、家康は半信半疑だった。

「一揆攻めの陣中に薬師を従え、政宗どのは毎日灸《きゅう》をすえておられるようでございます」

服部半蔵の配下たちはそこまで調べ上げていた。

「会津はどうした」

「蒲生氏郷どのは七月二十四日に二万の軍勢をひきいて会津を発たれました。ただ今須賀川に陣を敷き、二本松城での評定に備えておられます」

二本松城には奥州奉行に任じられた浅野弾正少弼長吉がいて、家康や羽柴秀次の到着を待って奥州仕置について話し合うことにしている。

これには氏郷や伊達政宗も加わることになっていたが、二本松に大軍を集めては宿所に困るので、分散して布陣しているのだった。

八月六日、家康は井伊直政が指揮する三千の兵だけをひきいて二本松城に着いた。

すでに羽柴秀次も到着していて、浅野長吉と連れ立って挨拶にやって来た。

「江戸大納言どの、遠路大儀でございました」

中納言である秀次は、家康より官位において格下である。武人としての力量も遠く及ばないと、骨身にしみて承知していた。

「中納言どのこそ、尾張からの道中はさぞ難儀なされたことでしょう。浅野弾正どのも、長の滞陣でお疲れのことと存じます」

「奥州はいろいろと複雑で、ひと筋縄では参りません。それゆえ明日の評定の前に、下話をさせていただこうと推参いたした次第でござる」

長吉の申し出に応じ、家康は二人の話を聞くことにしたが、その前に確かめておきたいことがあった。

「政宗どののことでござる。浅野どのは間近で様子を見ておられたと存ずるが、一揆を扇動したことについてはどのようにお考えでござろうか」

「あの御仁は内心戦乱を望んでおられるのでございましょう。今一度天下が乱れれば、関白殿下にとって代わることができると夢見ておられるようじゃ」

「奥州で一揆を起こし、鎮圧に出陣した氏郷どのを謀略をもって殺し、その後に一揆を平定すれば、奪われた会津領を取りもどすことができる。そう企てておられたと聞いたが」

「おおせの通りでござる。それゆえ氏郷どのは、今でも政宗どのを警戒しておられます。九戸城攻めには二人を同陣させぬほうが良かろうと存じます」

「一番に政宗どの、二番に氏郷どのを進軍させよと、関白殿下は命じておられるが」

「それは懲罰でござる。殿下は政宗どのに葛西、大崎ばかりか、和賀、稗貫の一揆や九戸の乱まで平定させ、使い殺しにしても構わぬと考えておられるようでござる」

しかし伊達家が滅べば、奥州のたがはずれて収拾がつかなくなる。だから政宗の今後の出陣を免じ、我々だけで九戸討伐に当たりたい。浅野長吉はそう言った。

「政宗どのは病気と聞いたが、もしや浅野どのが出陣させまいと知恵をつけられたのでござろうか」

家康はふとそう思った。

「若いとはいえ、奥州と都を往復してお疲れになったのでござろう。病気を理由に出陣を辞退していただければ、我らにとっても有り難いことでござる。実は殿下が伊達どのを一番、蒲生どのを二番にされたのは、他にも目的があるようでござってな」

長吉が困りきった顔で、秀次につづきを語るようにうながした。

「江戸大納言どのゆえ申し上げます。くれぐれもご内密に願いたい」

秀次が脇差の鍔《つば》を左手の親指で押し、現れた刀身を笄《こうがい》で打った。

金打《きんちょう》という。約束を守ると誓う儀式で、家康も同じことをして他言はしないと誓った。

「殿下は政宗どの、氏郷どのを先陣にして九戸城を包囲させ、冬を越させようと考えておられます。そして白河、岩城、米沢以北に配した繋ぎの城によって補給がうまくいくか、確かめようとしておられるのでござる」

「朝鮮出兵に備えてのことでござろうか」

「そのようでござる。それゆえ出羽筋の上杉景勝どのには大谷刑部《ぎょうぶ》吉継どのを、相馬筋の佐竹義宣どのには石田治部三成どのを軍監として同行させ、成果を見極めようとしておられるのです」

「朝鮮の漢城《かんじょう》や平壌では、冬には大河が凍って馬車で渡れると聞きました。その寒さに耐える訓練をせよということでござろう」

長吉がおぞましげに付け加えた。

そんなことになったら、先陣の伊達、蒲生勢ばかりか、総勢十五万余が極寒の奥州での滞陣を強いられる。

それを避けるためにも、何を企んでいるか分からぬ政宗を先陣からはずし、一日も早く九戸城を降伏させなければならないと考えていたのだった。

「江戸大納言どの、九戸城攻めに伊達、蒲生を同陣させないことにご同意いただけましょうか」

羽柴秀次がすがるように念を押した。

「承知いたした。問題はどうやって九戸城を降伏させるかでござるな」

「政宗どのを先陣からはずすかわりに、それがしは組下の堀尾吉晴を出陣させます。大納言どののも家臣のどなたかに五千ばかりの兵をさずけて出陣させて下され」

「それがしも出陣し、奥州奉行として九戸政実との交渉に当たります。そうして一日も早く開城させ、帰国できるように計らう所存でござる」

翌日、二本松城の本丸御殿で九戸城攻めの軍議がおこなわれた。総大将の家康と秀次が上段の間につき、浅野長吉、蒲生氏郷、伊達政宗、そして米沢に駐留していた上杉景勝が下段の間に横一列に並んだ。

政宗はげっそりとやつれ、座っているのも苦しそうで、病気というのは嘘ではなかったようである。氏郷は三十六歳という働き盛りで、思慮深くおだやかな賢者の風格をただよわせていた。

景勝は一万五千の軍勢をひきい、庄内や出羽の一揆を鎮圧して最上通りを北上するよう命じられている。歳は氏郷よりひとつ上だった。

進行役は長吉がつとめ、まず政宗を九戸城攻めの先陣からはずすことを告げた。

「政宗どのは病をわずらっておられますゆえ、引きつづき葛西、大崎領にとどまり、一揆の平定や仕置にあたっていただきたい。よろしゅうござるかな」

長吉は皆の承諾を求めたが、反対する者はいなかった。

次に伊達勢に代わって堀尾吉晴、井伊直政がそれぞれ五千の軍勢をひきいて参陣する案を示したが、これにも反対する者はいなかった。

「ご同意をいただきかたじけのうござる。それでは近々出陣の下知をいたすゆえ、陣所にもどって仕度をしていただきたい」

「恐れながら、ご指示をいただきたいことがございます」

政宗が力のない声で申し出た。

「登米《とめ》城にて降伏した一揆衆を捕らえております。関白殿下のお申し付けに従うと申しておりますゆえ、命を助けて旧領を治めさせたいのでござるが、いかがでございましょうか」

「捕らえた一揆衆の人数はいかほどかな」

浅野長吉はまたお前かと言いたげな表情でたずねた。

「村々を治める頭《かしら》が二十人ばかり。組下の者を合わせると三百人ほどになり申す」

伊達政宗は長吉の不快に気付かないふりをした。

「葛西、大崎領の鎮圧は伊達どのに任されておる。ご自身の判断でお決めになればよろしかろう」

「これはしたり。天下は関白殿下のもとに治まり、我らは殿下の命を受けて仕置にあたっております。王政が復された世においては、一木一草たりとも殿下の命に服さざるということがありましょうか」

「…………」

「それゆえこのようにご裁断をあおいでおり申す。ご指示をいただきとうござる」

政宗は病んだ体に鞭打ち、返答してくれと迫った。

これには巧妙な計算がある。政宗は一揆勢を扇動しておきながら、計略が破れて鎮圧せざるを得なくなった。この上降伏した者を非情に切り捨てたなら、信義に欠けるという汚名が生涯ついて回る。

そこで関白秀吉、ひいては帝のご命令だという大義名分を得て、自分の行動を正当化したい。それに何事も秀吉の命令に従う姿勢を示せば、これ以上厳しい処罰は出来なくなると見込んでいるのだった。

「この儀、いかがでございましょうか」

長吉は返答に窮し、総大将の家康と羽柴秀次に判断をゆだねた。

「仕置に従わぬ者はことごとく成敗せよと、殿下は命じておられる」

秀次がいち早く口を開いた。

「いったん叛《そむ》いた者をたやすく許しては、他の者たちへの示しがつくまい。殿下のお申し付けに従い、厳しく処罰なされよ」

「おおせはもっともでござる」

秀次の体面を傷つけないように、家康はやんわりと口をはさんだ。

「ただし主に命じられて一揆に加わった家臣や領民まで処罰しては、城に立て籠もっている者たちを投降させるのが難しくなりましょう。それゆえ処罰は頭の者たちだけにとどめ、他の者は罪を許して村に返すべきと存じます」

この意見に秀次も同意し、二十数人の頭だけを処刑させることにしたのだった。

八月十日、蒲生氏郷は二万の兵をひきいて二本松を発ち、奥大道《おくだいどう》（奥州街道）を北上して九戸城に向かった。その後方から浅野長吉、堀尾吉晴、井伊直政らの軍勢が進んだ。

総勢は四万五千ほどで九戸城に籠もる敵の十倍ちかいが、この上さらに南部信直や秋田実季《さねすえ》、津軽為信らの軍勢一万五千余が城攻めに加わることになっていた。

出陣する兵たちを見送った家康と羽柴秀次は、八月十二日に二本松城を発って大崎領に向かった。こちらも四万ちかい大軍で、これほどの軍勢が奥大道を通るのは、源頼朝の奥州征伐以来およそ四百年ぶりだった。

八月十五日に大崎領に着き、大崎義隆の居城だった名生城に入った。去年の冬、葛西、大崎一揆の鎮圧に出陣した蒲生氏郷が、伊達政宗の謀略から逃れるために立て籠もった城だった。

家康が鎧を脱いでくつろいでいると、秀次が小具足姿で訪ねてきた。

「お知らせしたいことがございますが、よろしいでしょうか」

血の気が引いたただならぬ様子である。家康は人払いをして秀次と向き合った。

「関白殿下からの急使が、行軍の途中に参りました。去る八月五日、鶴松ぎみがご他界されたとのことでございます」

「何と、若君《わかぎみ》が……」

「半月ほど前から病をわずらっておられたそうでござる。関白殿下は畿内の神社仏閣に平癒の祈禱《きとう》を命じておられましたが、効験《こうげん》なくご他界との知らせがありました」

鶴松は天正十七年（一五八九）五月の生まれだから数え年で三歳。実際には二年三ヶ月ほどの短い生涯だった。

「関白殿下のお嘆きは深く、数日は食事も喉を通らぬほどだったそうでございます。もはや先の望みもないので、豊臣家も関白職もそれがしに譲ると」

「殿下がそうおおせられたのでござるか」

「その心積もりをして奥州仕置を成し遂げよと、朱印状を下されました」

「すると殿下は、ご隠居なされるのでござろうか」

「今生《こんじょう》の思い出に朝鮮に出兵し、明国まで征服するとおおせでございます。これをどのように考えたらいいのでございましょうか」

秀次は事態の急変に途方にくれ、家康に救いを求めてきたのだった。

「殿下は来年春には朝鮮に出兵すると決め、肥前名護屋に城を築くように命じておられます。陣頭に立って戦う決心をなされたのなら、鶴松ぎみを失った悲しみをまぎらすためかもしれません」

家康はふと嫡男信康を切腹させた時のことを思い出した。信長に助命を懇願したが聞き届けられず、遠江の二俣《ふたまた》城で腹を切らせた。あの悲しみと絶望、自分への怒りと後悔をまぎらすには、武田勝頼への復讐戦に没頭するしかなかった。

秀吉も同じ気持ちなのだろう。だから得意の戦に没頭して、何もかも忘れたいのではないか……。

「それがしにはとても関白職など務まりません。叔父上がご存命なら、何とかなったかもしれませんが」

「お気持ちは分かりますが、大和大納言どのと鶴松ぎみがが亡くなられた今では、関白殿下の後継者は中納言どのしかいないのです。覚悟を決めるべきではありませんか」

「それがしは関白殿下が恐ろしいのです。あのお方は頭が良すぎてついていけません。上機嫌かと思うといきなり怒鳴りつけられるし、信用できるかと思うと翌日には裏切られる。それがしのことなど、使い捨ての番犬としか思っておられないのです」

秀次が胸中の不安をさらけ出し、両手で顔をおおって嗚咽に肩を震わせた。

「大和大納言どのは貴殿を見込んでおられました。自分に万一のことがあれば、守り立ててやってくれともおおせでした。そのお言葉は今でもこの胸の中にあります」

「ならばそれがしを助けて下さい。江戸大納言どののお力添えがあれば、どれほど心強いか分かりません」

「出来るだけのことはいたします。今は奥州の仕置を終え、すみやかに帰国することだけを考えて下され」

二日後、家康は岩手沢（岩出山《いわでやま》）の実相寺《じっそうじ》に、秀次は三ノ迫《さんのはざま》（宮城県栗原市）に着き、先陣の後詰めに当たることにした。

岩手沢城は江合《えあい》川と蛭沢《ひるさわ》川の間の小高い丘にある。大崎氏の重臣だった氏家《うじいえ》氏が居城としていたが、大崎氏が改易された後は一揆勢の拠点となり、蒲生勢や伊達勢に攻め落とされて荒れ果てている。

家康は惨劇の舞台となった城に入るのを見合わせ、実相寺で指揮をとることにしたのだった。

家康が陣所とした実相寺も荒れ果てていた。住職は大崎家ゆかりの者で、一揆勢に同情して兵糧や宿所を提供していた。

ところが一揆勢が敗れて伊達勢が入国してきたために、処罰を恐れて他国に逃れたのである。弟子の僧たちも同様で、寺には良玉《りょうぎょく》という怪しげな初老の僧が留守役をつとめているだけだった。

翌日、家康は本多正純や榊原康政らを連れ、良玉を案内役として岩手沢城を見に行った。城は東の本丸や二の丸から西の八幡平《はちまんたい》まで、馬の蹄《ひづめ》の形をした高台の上に築かれていた。

城内にはいくつもの曲輪が段階状に配され、一万人ちかくが籠城できるほど広い。南北に長く延びた本丸には、本丸御殿や物見櫓、屋根付き塀などがあったようだが、戦によって焼き払われ、一面の廃墟《はいきょ》と化していた。

家康は本丸に立ってあたりをながめた。

東に江合川、西に蛭沢川の清流を望み、川の間に平野が広がっている。四方を山に囲まれた盆地で、山懐に抱かれたという形容がよく似合う美しい景色だった。

「二ヶ月前まで、この城には一揆衆と村の者たち二千人ばかりが立て籠もっておった。伊達さまが関白に取り成して下さり、元の暮らしにもどれると信じていたのじゃよ」

良玉が歯のない口で様子を語った。

眼下の平野には七つの村があり、常には四千人ばかりが暮らしていた。その半数が一揆に加わったのは、木村吉清に叛《はん》して戦う構えを見せれば、伊達政宗が仲介に立って大崎家を再興できるように計らうと、伊達家の家臣たちが持ちかけたからだ。

ところが計略が露見したために、政宗は秀吉への忠誠を示そうとして一揆勢を鎮圧する側に回り、岩手沢城を容赦なく攻め立てたのである。

「一揆衆には鉄砲が二十挺ばかりしかなかった。弾も火薬も限られておる。村人は刀狩りにあったばかりで、まともな武器も持っておらぬ。あれは戦などではない。命令に従わぬ者を一ヶ所に集め、なぶり殺しにしたのじゃよ」

「御坊《ごぼう》も城中におられたのでござるか」

家康は良玉の語り口からそう感じた。

「いささか医術の心得があってな。村人に乞われて怪我人の手当てをしておった」

「一揆衆の手当てをされたとは、ご苦労なことでござった。この通り、お礼を申し上げる」

家康は深々と頭を下げた。

「ほっ、どうして貴殿が礼など言われる」

「奥州の惣無事をはかるように、関白殿下から命じられており申す。今度の仕置で起こったことは、拙者の責任でもあります」

「殊勝な申されようじゃが、今さら礼など言われても死んだ者たちは帰って参らぬ」

良玉が怒りに見開いた目で家康をにらんだ。

「それは承知しております。御坊には生きている者たちをどうして呼びもどしたらいいか、お教えいただきたい」

一揆に加わった者やその縁者、戦の巻きぞえになることを恐れた者たちは、村から逃げ出して他国へ逃れたり山中に避難している。そのため眼下の村に残っているのは住民の二割程度だった。

「まず誰も処罰せず、元の暮らしにもどすと保証することであろう。それを告げる高札を村々に立て、他国に逃げたり山籠もりをした者たちの元へも、使いを出して知らせていただくとよろしかろう」

「それで安心してもどって来てくれるであろうか。御坊のように信用のおける方に使いをしていただくと有り難いのでござるが」

「わしは城から落ちて生き延びておる。裏切り者と思っている者も多いはずじゃよ」

「恐れながら申し上げます」

本多正純が家康の前に片膝をついた。

「村から逃れた者は生活に窮し、食べ物にもこと欠いていると存じます。それゆえ村人すべてを城の改修の際に人足として雇い入れ、日当も食料も支給すると触れたらいかがでございましょうか」

「それは名案じゃが、御坊どのはどう思われる」

「有り難いご配慮じゃ。ならば改修にかかる前に、戦で死んだ者たちの供養をさせていただけまいか」

良玉の申し出を受け、家康は三日後に本丸で盛大な供養をおこなった。白い陣幕を張り、「厭離穢土　欣求浄土」の本陣旗を立て、葛西、大崎領の寺から二百人ちかい僧を集めて二刻《ふたとき》（四時間）の間経を上げさせた。

供養がおこなわれると聞いて参加する村人は多かったし、集められた僧たちの口から人足を雇う噂が広まったので、村にもどって普請に加わる者が次々と現れたのだった。

九月三日、九戸城攻めに出陣中の井伊直政から、戦況を知らせる使者が来た。

「九月一日にわが軍勢は九戸城に到着し、浅野どのや蒲生どのの軍勢と共に城を包囲しております」

使者が差し出した書状には戦の状況が記され、城攻めの布陣図が添えてあった。

九戸城は馬淵《まぶち》川沿いの台地に築かれた広大な城である。火山灰質の大地が西の馬淵川、北の白鳥《しらとり》川、東の猫淵《ねこぶち》川によって削り取られ、高さ十丈（約三十メートル）ちかい河岸段丘《かがんだんきゅう》を成している。

その崖《がけ》が寄せ手の侵入を防いでいるし、城の本丸と二の丸、石沢館《いしざわだて》、若狭館《わかさだて》の間も深い空堀になっている。

もっとも攻めやすいのは地続きになっている南側で、蒲生氏郷と堀尾吉晴勢二万五千が布陣し、直政と浅野長吉は猫淵川の東岸に布陣している。

白鳥川の北には南部信直、馬淵川の西岸には津軽為信や秋田実季が布陣しているが、九戸政実は城内に五千余の兵を籠めて固く城門を閉ざしているので、攻め落とすのは容易ではない状況である。

九月になり野山はすでに晩秋の景色なので、あと一月もすれば雪が降り始めるだろう。城の周りに六万もの軍勢が布陣しているので陣小屋も満足に用意できないし、兵糧、弾薬の補給も難しく、戦が長引けば包囲軍は雪の中で孤立することになりかねない。

そこで浅野長吉と蒲生氏郷は政実の要求を聞き入れ、一日も早く開城に応じさせる考えである。九戸家の菩提寺である長興寺《ちょうこうじ》の住職に仲介を依頼したので、明日にも交渉が始まるだろう。

直政はそう記し、詳しいことは使者の近藤兵太郎にたずねてくれと書き添えていた。

「近藤といえば、近藤康用《やすもち》どのの縁者か」

家康は二十歳ばかりの使者にたずねた。康用は井伊谷《いいのや》三人衆として名を馳せた猛将だった。

「康用は祖父に当たります。それがしは使い番として直政さまにお仕えしております」

「九戸城からここまで、馬で二日かかったわけだな」

「ここから不来方《こずかた》（盛岡市）までは駆けやすい平坦な道ですが、その先は曲がりくねり起伏の多い山道なので難渋いたします」

「何里ばかりじゃ。不来方から九戸城までの山道は」

「およそ十五里（約六十キロ）でございます」

「荷車は通るか」

家康は兵糧、弾薬の補給ができるかどうか確かめた。

「無理でございます。馬の背につけるか人が背負う以外に手立てはございません。雪が積もれば、それも出来なくなると存じます」

「承知したと直政に伝えよ。若い頃にそなたの祖父の康用どのには世話になった」

家康は近藤兵太郎に脇差を与えて労をねぎらった。

四日後、兵太郎が再び使者としてやって来た。九月四日に九戸政実が城を開けて投降したというのである。

「戦は九月二日におこなわれただけでございました。南から蒲生、堀尾勢、東から浅野、井伊勢が竹束を押し立てて城に仕寄《しよ》り、鉄砲や棒火矢《ぼうびや》を撃ちかけたところ、翌三日には九戸政実らが長興寺の薩天和尚《さつてんおしよう》を介して和を乞い、四日には剃髪して蒲生氏郷どのの陣所に出頭いたしました」

直政の書状にも、兵太郎がのべたのと同じことが記されていた。

「城中に籠もっていた者たちはどうした」

「頭《かしら》と称する者の首を百五十ばかり差し出し、いずこへともなく姿を消しておりました。これを殿に密々《みつみつ》にお渡しせよと、直政さまからおおせつかっております」

兵太郎が髻《もとどり》に巻いたこより状の密書を差し出した。それには浅野長吉や蒲生氏郷が、九戸政実から降伏の条件として示された三ヶ条が記されていた。
一、南部信直の処罰はせず、和賀、稗貫郡まで領土として安堵すること。
一、和賀、稗貫、葛西、大崎の一揆の頭は政実が処断したので、他の衆はことごとく赦免すること。
一、今度の乱に関わって城籠もりや山籠もりをした領民の還住《かんじゅう》を認めること。
仕置の命令を撤回せよというに等しい条件である。秀吉は九戸城攻めで全軍を越冬させ、朝鮮出兵時の参考にしようとしていたが、長吉らは政実の要求を呑むことで早々に決着をはかったのだった。

九月十三日、長吉や氏郷、直政らが反乱の主謀者を引き連れて三ノ迫の羽柴秀次の陣所に到着した。家康も秀次とともに九戸政実らと対面した。

後ろ手に縛られて引き据えられたのは、九戸政実と櫛引清長《くしびききよなが》の二人だった。

政実は背が高く肩幅の広い偉丈夫で、禅僧のような深みのある静けさをたたえている。歳《とし》は五十六になるが、ずっと若く見えた。

清長は五十二歳。人の好《よ》さそうな丸い顔をして、口許にかすかな笑みを浮かべている。参謀として政実を支えた知恵者だった。

「二人とも分別のある年頃と見受けるが、何ゆえこのような無謀な乱を企てた」

秀次に頼まれ、家康が尋問の役をつとめた。

「関白の仕置があまりに非道だったからでござる。それはお二人ともご承知でござろう」

清長が奥州訛《なま》りの強い声で応じた。

「葛西、大崎、和賀、稗貫の家を取り潰したばかりでなく、仕置に従わぬ者は女、子供までなで斬り（皆殺し）になされた。しかも物成《ものなり》（収穫）の三分の二を年貢として取り上げられては、冬が長く寒さが厳しい奥州では生きていけませぬ。それゆえ多くの衆が一揆を起こし、力及ばず城を逃れて我らを頼って参られた。義を見てせざるは勇無きなりと申す。我らも一揆衆と同じ思いゆえ、共に戦うことにしたまででござる」

「初めから勝てぬ戦と分かっていたはずじゃ。それでも乱を起こすのは家臣、領民を苦しめるばかりではないのか」

「これは江戸大納言どののお言葉とも思えませぬな」

死を覚悟しているせいか、清長は落ち着き払っていた。

「貴殿は厭離穢土、欣求浄土を本陣旗としておられると聞いております。それはこの世を浄土に近付けるために戦いつづけるということではありませぬか」

「いかにも」

「ならば奥州を押しひしぎ、地獄の苦しみに叩き落とそうとする関白と戦うべきと思われませぬか。我らはそうすべきと考えたゆえ、矢面に立っただけのことでござる」

「政実も同じ考えか」

家康は沈黙をつづける政実に口を開かせようとした。

「理屈は清長に任せており申す」

「理屈でないのなら、そなたは何に拠《よ》っているのじゃ」

「蝦夷の魂でござる。心の声がならぬと言えば、それに従うまで」

政実の言葉には鋼《はがね》のような強さがあった。

「九戸どのは薩天和尚から禅を学ばれたと聞きましたが」

交渉役をつとめた浅野長吉は、九戸政実に敬意を払っていた。

「少々手ほどきを受け申した」

「常にはそのように鎮《しず》まり、事あらば迷いなく動けるのは、参禅の賜物《たまもの》でござろうか」

「民のために尽くせと、父母に教えられて育ち申した。ただ、それだけでござる」

政実がにっこりと笑い、貴殿が和議の条件を呑んで下されたお陰でそれが実現できたと頭を下げた。

「関白殿下は朝廷を中心とした新しい天下を築こうとしておられる。そうしなければ国難を乗り越えることができないからだ」

家康は二人がそのことについてどう考えているか聞きたくなった。

「ならば申し上げる。これまで奥州は、朝廷の命によって何度も征伐を受けて参り申した」

櫛引清長が阿倍比羅夫から源頼朝までの征服の歴史を語り、奥州も敗北をくり返すうちに朝廷の命令に服するようになったと言った。

「しかしそれは、帝と朝廷が王道を歩まれているからでござる。君側の奸《かん》が帝の名を騙《かた》り、理不尽なことを仕掛けてきた時には、我らは何度でも立ち上がって非道を正し申す」

政実ら主謀者は翌日斬首されたが、一揆衆や領民を守るという願いははたされた。

政実らが城を明け渡した二日後、長吉は蒲生氏郷や堀尾吉晴、井伊直政と連名で、領民の無事を保証するので村にもどれと呼びかける触れを出している。

〈当所百姓地下人《じげにんら》等ことごとく還住せしむべく候。いささかも非分の儀有るべからず候条、早く還住すべきもの也〉

歯向かう者はなで斬りにするという秀吉の命令は破棄され、領民の安全を保証する政策に転換したのである。

責任は奥州奉行である長吉が一身に負った。そのいきさつを『寛政重修《かんせいちょうしゅう》諸家譜』は次のように伝えている。

〈時に秀次のいはく、長政（長吉）わが命《めい》をうけずして政実をゆるせし事無礼なりと怒り、長政に命じて、中途にして政実を誅《ちゅう》せしむ〉

これは羽柴秀次に責任を負わせないための方便だったと思われる。

この後長吉は秀吉から謹慎を命じられ、吉の字を用いることを禁じられた。長吉が長政と名乗るのはそれからだが、政実の一字を取っての改名だと知るのは、家康ら数人だけだった。

年が明け、天正二十年（一五九二）になった。この年の十二月八日に文禄《ぶんろく》と改元される、新しい時代の始まりである。

家康にとって江戸で迎える二回目の新年だが、気持ちは晴れなかった。昨年十二月二十八日に秀吉は秀次に関白職をゆずり、太閤となって明国出兵のための軍令を諸大名に発している。

（だが、本当にこれでいいのか）

このまま十五万もの軍勢を渡海させ、万民を塗炭の苦しみに突き落とすことが許されるのか。そんな迷いとも怒りともつかない思いが、家康の胸の中で渦巻いていた。

きっかけは三ノ迫で九戸政実と櫛引清長を尋問したことである。政実は「心の声がならぬと言えば、それに従うまで」と言い、清長は「奥州が朝廷に服するのは王道を歩まれているからで、君側の奸が帝の名を騙り、理不尽なことを仕掛けてきたなら、何度でも立ち上がって非道を正す」と胸を張った。

その言葉通り、一揆衆や領民を救うために立ち上がり、目的をはたして従容《しょうよう》として死についたのである。

二人の見事な生き様に比べて、自分に恥じるところはないだろうか。秀吉のやり方はおかしいと思いながら唯々《いい》諾々《だくだく》と従うのは、武士道にも欣求浄土の道にも背くのではないか。

そうした思いが、時々胸の底からあぶくのように湧き上がってくる。気にすまいと頭で打ち消しても、悪寒のように不意に全身を突き抜けるのである。

家康はついつい沈みがちになり、考え込むことが多くなった。考え込んで険しい目をしていると、ただでさえ地味なあごの張った顔が、すこぶる陰気そうに見える。

そのため家族や重臣たちは声をかけるのをはばかり、大声を出したり笑うのを遠慮しているので、江戸城本丸は晴れやかさとは無縁の正月になっていた。

それでも三箇日や七日の鎧始めの祝いは淡々とおこなわれ、十日には京都の秀忠から使者が来た。秀忠の近習に任じた浅井継之介だった。

「新年のお祝いを申し上げます。近衛中　将《このえのちゅうじょう》さまも変わりなくお過ごしでございます」

秀忠は昨年十一月に参議に補任《ぶにん》され、右近衛中将《うこんえの》を兼ねていた。

「遠路大儀であった。都の様子はどうじゃ」

「これをお渡しせよと」

継之介がぶ厚い立て文を差し出した。

立て文は秀忠の自筆だった。秀吉から徳川家に対して二月末までに上洛せよという軍令が下ったことが記され、別の書状一通が同封されていた。

秀吉の朱印状で、明国出兵に際して守るべき掟《おきて》が記されていた。意訳すれば次の通りである。

「今度大明国へ太閤殿下が御動座されるが、諸国の街道筋、そのほか軍勢が在陣する地域において、地下人、百姓など家を空け、逃散《ちょうさん》（集団で村を逃げ出すこと）したなら厳しく処罰する。宿屋や町の商店は従来通り商売をせよ。在陣する軍勢や往来する者たちの中で、押買《おしが》いや押売り、あるいは乱暴狼藉をした者は一銭切りに処する。猥《みだら》な振る舞いをした者については定めの通り処罰するので、さよう心得るように」

　秀吉は明国に動座すると宣言しているが、これが本心なのか単なる景気付けなのかは分からない。ただ、軍勢が在陣した地域の住民に逃散することを禁じているのは、奥州仕置で村人が逃げ散った経験を踏まえてのことである。

　押買いや押売り、乱暴狼藉などを禁じているのも、葛西・大崎領を拝領した木村吉清が領民に乱暴を働き、一揆を誘発したことを念頭においてのことだった。

「いよいよ、兵を出されるか」

　家康の迷いと反発はいっそう強くなった。秀吉は奥州での失敗を教訓にしたようだが、出兵そのものを取りやめなければ同じことだと言いたかった。

「洛中の様子はどうだ。空前の御動座を前に、混乱をきわめているだろうな」

「民意は大きく二つに割れております。出兵に賛成する者は三韓を征伐した神功皇《じんぐう》后以来の壮挙だともてはやし、反対する者は鶴松ぎみが他界されたために正気を失われたのだと噂しております」

　浅井継之介はそうした噂にもつぶさに耳を立て、世の動きを見極めようとしていた。

「出兵によって利益を得る商人や荷役《にやく》の者は色めき立っておりますが、年貢や夫役《ぶやく》を強いられる者たちは困りはてております」

「淀殿はどうしておられる。鶴松ぎみを失って、さぞ辛い思いをしておられような」

家康は継之介の額の傷跡を見て、お市の方を思い出した。燃え盛る北ノ庄城から脱出し、お市の文を届けてくれたが、その時に負った傷の跡が今もくっきりと残っていた。

「淀殿は打ち沈んでおられるとうかがいました。ご本人とは連絡が取れませんので、知り合いの侍女と時折文のやり取りをしております」

「それとなく様子をうかがってくれ。太閤殿下がおられるゆえ心配には及ばぬと思うが、困ったことがあれば力になってやりたい」

「かたじけのうございます。お言葉を肝に銘じておきます」

継之介が去った後、家康は本多正信を呼んで秀吉からの朱印状を渡した。

「太閤殿下は自ら明国まで渡られるようだが、そちはどう思う」

「正気の沙汰とは思えませぬな」

正信は何やら嬉しそうな薄笑いを浮かべ、読み終えた書状をゆっくりと畳んだ。

「ようやく天下の統一が成ったばかりでござる。今は新しい制度を作り、民を安んずる時期でございましょう」

「キリシタン大名たちがイエズス会やスペインの指示を受け、殿下の方針を変えさせようと圧力をかけておる。その脅威を取り除くために出兵を決断なされたそうだ」

「朝鮮や明国を征服できたら儲《もう》けもの。たとえ失敗しても、彼らの力を削ぐことができるとお考えでしょうか」

「さすがに読みが深いな」

「秀吉どのはクリスタンと朝廷をうまく操って天下を取られた。しかし両者は水と油。この狭い島国の中で、共存させることはできなかったのでございましょう」

「何とか出兵をやめさせたいが、大和大納言どのや千利休どのが他界された今となっては難しい。石田治部や大谷刑部のような新参者が、殿下の命令を楯に取って好き勝手をしているようじゃ」

「今止めようとなされば、豊臣家を相手に戦をすることになりまするぞ」

「それは分かっておる。それゆえこうして相談しているのだ」

「いずれはその決断をする時が参りましょう。しかしそれは今ではござらぬ。秀吉どのが明国征服の企てに失敗し、天下の支持を失うのを待つべきでござる」

「失敗するか。この出兵は」

「当然でござる。いかに相手が弱っていようと、小犬が牛に嚙みついて勝てるはずがありますまい」

「失敗すると分かっているなら……」

なおさら秀吉を諫めるべきだと、家康の心の声は告げている。だがそれを言っても正信に冷笑されるだけなので、話の矛先を変えることにした。

「二月末までには軍勢をひきいて上洛せよと命じられた。総勢一万五千余になるゆえ、そちも軍監として同行してくれ」

出陣は二月二日と定め、千石につき五人を出すよう軍令を発した。表高《おもてだか》二百四十万石なので、一万二千人の動員である。これに家康の馬廻り衆三千人を加えて陣容をととのえた。

出陣の前夜、於大の方と茶阿の局が訪ねてきた。

　於大は尼頭巾をかぶり、茶阿の局は一月四日に生まれたばかりの辰千代《たつちよ》（後の松平忠輝）を抱いていた。手足が長く、ふてぶてしいばかりの大きな顔をした赤児《あかご》だった。

「あなたはまだ辰千代と親子の対面もしておられないそうですね」

　於大が切り口上に迫った。

「正月の行事や出陣の準備に手を取られておりました。無事に生まれて何よりです」

「今度は長《なが》の出陣になるのですから、よく見ておいて下さい。あなたに似た大きな顔をしていますよ」

「そうですね。きっと立派な武将になってくれるでしょう」

　家康は当たり障りのないことを言って我が子から目をそらした。

「この子はしばらく私が預かります。ですから茶阿の局を肥前の名護屋という所まで連れて行って下さい」

「お久もそれを望んでいるのか」

「於大の方さまから、殿に同行して身の回りの世話をせよとおおせつかりました。

お役に立てるなら、喜んで行かせていただきます」

「それは有り難い。名護屋はどんな所か分からぬが、近習だけでは行き届かぬことも多かろう」

「それからこれは、私から大政所さまへの贈り物です。お渡し下さい」

於大が差し出した桐の箱には、濃淡五色の萌黄《もえぎ》色の反物が入っていた。上品な風合いに染められた春を告げる色だった。

「お心遣い、かたじけのうござる。大政所さまもきっとお喜びになりましょう」

「こちらはあなたへの餞別《せんべつ》です。行軍の時に着て下さい」

もうひとつの桐の箱には、色鮮やかな赤地の金襴《きんらん》の陣羽織が入っていた。

(これは信長公が……)

好んで着ていた色だと、家康はよく覚えていた。茜《あかね》染めの糸に金糸を織り込んだ高価な品で、明国から渡ってきた職人が京都の西陣で作り始めたものである。

陣羽織の背中には、恥ずかしいくらい大きな葵《あおい》の家紋が金糸で描かれていた。

「あなたは近頃ずっと打ち沈んだ様子をしているではありませんか。ただでさえ不器量で陰気な顔立ちなのですから、これくらい華やかな装いをしなければ軍勢の士気が上がりませんよ」

於大は相変わらず容赦のないことを言うが、奥州仕置からもどって以来の元気のなさを心配していたのだった。

翌二月二日、家康は早朝に小田原口門から出陣した。幸い天気にも恵まれ、関東各地から駆けつけた家臣や家族が見送りに来ていた。

忍城主である松平家忠は「御送りにひびや（日比谷）まで参り候」と日記（『家忠日記』）に記している。まだ江戸城の間近まで日比谷入江が迫っていた頃で、入江沿いの道の両側に並んで見送ったのである。

家康は金陀美具足をつけ、赤地の金襴の陣羽織を着て、漆黒の奥州馬にまたがっている。背中の葵の家紋は大きすぎると思ったが、大軍の中ではひときわ立派に映えて、大将らしい風格をかもし出していた。

東海道沿いの城では中村一氏、山内一豊、堀尾吉晴、池田輝政、田中吉政らが出迎え、万全のもてなしをする。羽柴秀次が関白になってからは、江戸大納言家康の存在感はいっそう大きくなっていた。

二月二十四日に都に着き、聚楽第西の丸の館に入った。表門では十四歳になった息子の秀忠と浅井継之介らが出迎えた。

「秀忠、都での暮らしには慣れたか」

「太閤殿下や皆様に、ご親切にしていただいております」

しばらく会わないうちに秀忠は体も大きくなり、声変わりの時期を迎えていた。

「名護屋に出陣するまでの間世話になる。人数が多いので面倒をかけるが、よろしく頼む」

「お任せ下され。西の丸に八千人、残りの七千人の宿所も北野に用意しております」

翌日、家康は関白となった秀次のもとに挨拶に行った。狩衣《かりぎぬ》を着て烏帽子をかぶった秀次は、奥州で会った時より自信に満ちた明るい顔をしていた。

「関白ご就任、おめでとうございます。狩衣がお似合いで、威厳を身につけられたと拝察いたしました」

家康は就任祝いに二千両（約一億六千万円）の手形を差し出した。

「かたじけのうございます。朝廷の仕来りなど慣れぬことばかりゆえ、日々戸惑っております。ご指導をよろしくお願い申し上げます」

秀次が丁重に挨拶を返した。

「それからこれは大政所さまに渡してくれるようにと、母から預かって参りました」

家康が差し出した進物は、いったん近習が改めてから秀次に披露される。それらを改めた秀次は、手形は過分なのでお返しせよと命じた。

「江戸大納言どの。貴殿はこれから肥前に在陣され、何かと物入りがつづくことでしょう。失礼とは存じますが、この金はそちらに回していただきたい」

「その用意はしております。心ばかりの祝いゆえ、お受け取り下さいますよう伏してお願い申し上げます」

「お心ばかりで充分でございます。ここだけの話でござるが、実は関白職についたお陰で急に福徳がつきましてな」

一挙に長者になったと、秀次がいたずら小僧のような笑みを浮かべた。

「ほう。それはどうした訳でござろうか」

「石見銀山でございます。あの銀山は今も禁裏《きんり》御料所ゆえ、関白の裁量で使うことができるのでございます」

　総額は年間銀二千貫（約三十二億円）にのぼる。それに洛中の豪商や寺社からの運上金、住民の地子《じし》などもあるので、大名家とは比べものにならないくらい豊かだという。

「承知いたした。それではこれは肥前名護屋で使わせていただくことにします」

　家康は素直に好意を受けることにした。

「すみませんがこの進物も、大納言どのから直《じか》に大政所さまにお渡しいただきとうございます」

「何か不都合でもありましょうか」

「祖母は近頃沈みがちなので、大納言どのにお目にかかれば元気もでるのではないかと思うのです」

　秀次に頼まれて、家康は奥御殿に住む大政所に直々に進物を届けることにした。

　金銀箔《きんぎんぱく》や岩絵具をふんだんに使って飾り立てた宝石箱のような部屋に、大政所が地味な丹前《たんぜん》を着てぽつんと座っていた。

　大政所は七十七歳になる。白くなった髪は地肌が透けて見えるほどで、目も落ちくぼんで生気を失っていた。

「お久しゅうございます。江戸大納言家康でございます」

家康は聞こえやすいようにいつもより声を張った。

「小一郎かね。どえりゃあ長いこと顔を見せんもんで心配しとったが、ちょっと太ったんじゃにゃあか」

大政所が動かない目をじっと家康に向けた。次男の小一郎秀長と間違えたのである。

「大政所さま、徳川家康さまですよ。ご上洛の挨拶に来て下されたのでございます」

初老の侍女があわてて取り成したが、大政所は呆《ほう》けた顔であらぬ方を見やっていた。

「三河の於大の息子でございます。以前岡崎城でお目にかかりました」

「あー、ほうかね。於大さんの」

とたんに大政所の目に生気が宿り、声もしっかりとしたものになった。

「於大さんは元気でおられるかなも。長《なご》う会っとらせんがね」

「元気にしております。大政所さまにこれをお渡しするように申しつかりました」

家康は桐の箱のふたを取り、濃淡五色の萌黄色の反物を示した。

「あらー、でら品がええし、美しい生地でにゃあか」

大政所は感激のあまり両の拳《こぶし》を口元に当てた。まるで娘の昔にもどったような仕草だった。

於大は六十五で大政所よりひと回り年下である。同じ子《ね》年生まれなので気が合うのかもしれないと、家康は於大の配慮に改めて感心した。

「於大さんの息子なら、ひとつ教えてちょー。藤吉郎《とうきちろう》が唐《から》の国に行って皇帝さまになると聞いたが、そんなことあるきゃ」

「太閤殿下におたずねしなければ、そのことについては何とも申し上げられません」

「おみゃあさんからも、たわけたことを言うなと叱ってちょーだゃあ。寝小便たれて家を逃げ出した者《もん》が大ボラ吹いたら、人さまから笑われるだけだで」

その「寝小便たれ」が大坂城から上洛したのは三月七日のことだった。

きらびやかな鎧をまとった一千の馬廻り衆を従え、金びょうたんの馬印を高々とかかげて聚楽第に入った。

家康は聚楽第の本丸御殿で秀吉と対面した。秀吉は公家風の烏帽子をかぶり、銅《あかがね》色に金糸を散らした派手な水干をまとっていた。

この色あいによく似た黄櫨染《こうろぜん》は、帝が儀式の時にお召しになる袍《ほう》（上衣）だけに用いられる禁色《きんじき》である。似た色を着ることさえはばかるべきだが、秀吉は水干にして平然と着用し、尊大な態度で家康を見下ろしていた。

側には石田治部少輔三成と大谷刑部少輔吉継が控えている。三成は三十三歳で吉継は一歳上。五十一になった家康にとって、子供のような世代だった。

「江戸大納言、上洛大儀である」

秀吉は妙に格式張り、いつものように生まれ在所の言葉を使おうとはしなかった。

「晴れて太閤殿下におなりになられ、祝着至極に存じます。豊臣家のご威勢がますます盛んになることを祈念しております」

「奥州への出陣、大儀であった。今後も東国の平安を保ち、新関白を支えてやってくれ」

「有り難きお言葉、かたじけのうございます。肝に銘じてつとめさせていただきます」

「奥州での戦はどうであった。遠方ゆえ苦労も多かったであろう」

「先陣の方々はご苦労なされたようですが、それがしは後方に控えて検地や城造りに当たっておりましたゆえ、さほどのことはございませんでした」

家康は岩手沢城を改築し、葛西、大崎領に入封した伊達政宗に引き渡した。政宗は岩出山城と改名し、ここを居城にすることにしたのだった。

「九戸城はわずか三日で降伏した。先陣の者どもがどんな苦労をしたと申すのじゃ」

「不来方から九戸城までは難路で、城のまわりには陣小屋を建てる平地もなかったようでございます」

「江戸大納言どの、殿下はそのようなことをたずねておられるのではござらん」

三成が冷ややかな目を向けた。反っ歯の目立つ横顔はねずみのようだった。

「さようでござるか。ならばご真意をお教えいただきたい」

「九戸政実が三日で城を明け渡したのは、浅野弾正どのが和議を申し入れられたからだという報告がありました。それが事実かどうか確かめておられるのでござる」

「はて、そんなことはあるまいと存ずるが」

家康は何も知らないふりをした。

「貴殿は三ノ迫で浅野弾正どのと会い、九戸政実の尋問や断罪に立ち会われた。何か聞いておられるのではありませんか」

「九戸は先陣の威容を見て敵《かな》わぬと思い、薩天という菩提寺の住職に頼んで和を乞うたのでござる」

「ところが殿下は、仕置に逆らう者は城に追い込めてなで斬りにせよと命じておられる。浅野弾正どのはこれに背かれたゆえ、ただ今謹慎処分を受けておられます」

正直に答えぬと、お前も同じ目にあうぞ。石田三成は言外にそう言っていた。

「それはお気の毒なことでござる。弾正どののお働きの見事さは、先陣の誰もが賞賛しておりましたのに」

処分するとは見当ちがいだと、家康も言外に言い返した。

「白河から九戸まで繋ぎの城を確保したのは、朝鮮での戦で弾薬や兵糧を補給する参考にするためでござった。わずか三日で和議に応じられては、これまでの苦労が水の泡じゃ」

「これはしたり。そのような目的があったのなら、諸将に告げておくべきでござろう」

「海外での戦では何が起こるか分かりません。それゆえどんな状況にも対応できるように、一部の者にしか真意を明かさなかったのでござる」

「三成、もうよい」

秀吉が指先で苛立たしげに脇息をたたき、大谷吉継に目配せをした。吉継が一礼し、用意の書状を家康に差し出した。

「唐入りの陣立てでございます」

頭を下げた時、吉継の懐の奥にキラリと光るものがあった。銀製のロザリオだった。

（こやつ、キリシタンか）

家康は内心そう思ったが、気付かないふりをして書状に目を通した。

軍勢は総勢十五万八千七百人。九軍に編成された内訳は次の通りである。

一番、宗義智《そうよしとし》、小西行長、松浦鎮信《まつらしげのぶ》、有馬晴信、大村喜前《よしあき》、五島純玄《ごとうすみはる》。

合計一万八千七百人。

二番、加藤清正、鍋島直茂《なおしげ》、相良長毎《さがらながつね》。
合計二万二千八百人。
三番、黒田長政、大友義統《よしむね》。
合計一万一千人。
四番、毛利吉成《よしなり》、島津義弘、島津忠豊《ただとよ》、高橋元種《もとたね》、秋月種長《あきづきたねなが》、伊東祐兵《すけたか》。
合計一万四千人。
五番、福島正則《まさのり》、戸田勝隆《かつたか》、長宗我部元親、蜂須賀家政、生駒親正《いこまちかまさ》、来島通総《くるしまみちふさ》。
合計二万五千人。
六番、小早川隆景、小早川秀包《ひでかね》、立花宗茂《むねしげ》、高橋直次《なおつぐ》、筑紫広門《ちくしひろかど》。
合計一万五千七百人。
七番、毛利輝元。
合計三万人。
八番（対馬《つしま》に在陣）、宇喜多秀家。
合計一万人。
九番（壱岐《いき》に在陣）、羽柴秀勝《ひでかつ》、細川忠興《ただおき》。

合計一万千五百人。

以上合わせて十五万八千七百人だが、これ以外にも軍勢や兵糧、弾薬の輸送に当たる船団を編成し、船奉行に指揮をとらせた。

朝鮮の船奉行は早川長政《ながまさ》と毛利高政《たかまさ》。対馬は九鬼嘉隆《くきよしたか》と脇坂安治《やすはる》、服部一忠《はっとりかずただ》。壱岐は藤堂高虎と加藤嘉明《よしあき》、一柳直盛《ひとつやなぎなおもり》。肥前名護屋は石田三成、大谷吉継、岡本良勝《よしかつ》、牧村利貞《としさだ》で、全体の指揮をとるのは三成と吉継だった。

家康は全体の構成をつぶさに確かめた。

先陣と言うべき一番は九州北部の大名で、松浦鎮信以外は全員キリシタンである。二番には秀吉子飼いの加藤清正と、九州征伐以来引き立てている鍋島直茂を配している。

三番の黒田長政と大友義統は豊前、豊後の大名で、二人ともキリシタンである。四番は島津義弘を中心とする南九州の大名たちで、長政や義統の軍勢を後方から監視できるようにしている。

際立っているのは七番の毛利輝元が三万もの出陣を命じられていることだ。百万石以上の所領を有しているのだから当然かもしれないが、これには表裏二つの意味があるように思われる。

　ひとつは渡海軍の大将を輝元にして西国勢の結束をはかること。もうひとつはキリシタンと急接近した輝元に負担を押し付け、力を削ぐことである。

　秀吉は以前にも明言したが、東国の大名には一人も渡海を命じていない。肥前名護屋に在陣して後方支援に当たることになっていた。

「江戸大納言、いかがじゃ」

　見事な布陣であろうと、秀吉は自信満々だった。

「これだけの軍勢が海を渡るのは、本邦の長い歴史の中でも初めてでございましょう」

「うむ。神功皇后の三韓征伐でも、せいぜい四、五万だったそうじゃ」

「本陣は毛利輝元どののように見受けますが、太閤殿下は名護屋で指揮をとられるのでござろうか」

　家康は少し踏み込んだ質問をした。

「やがては渡海するつもりだが、その時期は朝鮮での戦況を見て決める」

「弾薬の補給とナウ船の借り上げについては、いかがあい成りましたか」

「それは交渉中じゃ。のう刑部」

「ははっ、小西行長どのと黒田官兵衛どのが話を進めておられます」

大谷吉継が慎重な言い回しをした。秀吉とキリシタン勢力の微妙な関係を、よく知っているようだった。

「近いうちに参内して、帝に出陣のご報告をする。そちも同行して、拝顔の栄に浴するがよい」

第六章

家康の決意

参内は三月十三日におこなわれた。

秀吉、秀次、家康が衣冠束帯に身を固め、御所車を連ねて内裏を訪ね、紫宸殿で後陽成天皇と対面した。ちょうど花の時季で、左近の桜が満開だった。

帝は二十二歳になられる。天正十四年（一五八六）にご即位されて六年になるが、何事も秀吉の指示に従われるばかりである。

武士とは御簾ごしに対面されるのが慣例だが、秀吉は太閤、秀次は関白なので御簾を巻き上げ、玉体をあらわにしておられる。色白で意志の強そうな引き締まった顔をして、鼻の下に薄い髭をたくわえておられた。

「朝鮮への渡海の仕度がととのいましたので、関白、江戸大納言ともどもご報告に参りました」

「出立はいつになるのか」

「大納言は四、五日後、身共は十日ほど後になります。都の留守役は、関白秀次がつとめさせていただきまする」

「ならば見送りの仕度をととのえるよう申し付けておこう」

短い対面の後、秀吉と秀次は帝の招きに応じて別室に移り、家康だけが退出することになった。案内されるまま車寄せに向かっていると、後ろから女官に呼び止められた。

「上皇さまがお目にかかりたいとおおせでございます。どうぞこちらへ」

長い廊下を渡って院の御所へ行くと、僧衣姿の正親町上皇と近衛前久が待っていた。

「大納言、忙しい時に足労をかけたな。上皇さまがおことに会いたいとおおせられるよって、来てもろたんや」

正親町上皇は天下のあり方をめぐって織田信長と激しい鍔ぜり合いを演じてこられた。

律令制を復活させるために太上天皇になろうとする信長に対して、正親町天皇は朝廷と武家の従来の関係を守ろうと腐心されてきた。ところが両者の折り合いはつかず、本能寺の変の悲劇を迎えることになった。

上皇はその四年後に皇位をゆずられ、院の御所で書見三昧《ざんまい》の日々を過ごしておられる。七十六歳の今もご壮健だが、背中が曲がりひと回り小さくなられたようだった。

ぞ」

「江戸大納言、久しいの」

上皇はもっと側に寄れと手招きされた。

「天下のために骨を折ってくれているとは、近衛から聞いておる。頼みにしておるぞ」

「有り難きおおせ、かたじけのうございます」

家康は深々と頭を下げた。

「身はもう長くはあるまい。これが最後と思うゆえ、そなたに頼んでおきたいことがある」

「ははっ」

「見るところ、天下を統《す》べる器量のある者はそなたしかおらぬ。この先苦労も多いと思うが、万民のために力を尽くしてくれ」

院の御所を辞した後、近衛前久に誘われて御所の北にある近衛邸に行った。池のまわりに植えた八重のしだれ桜が満開で、紅色の華麗な花が水の面《おもて》に映っていた。

「出陣祝いや。花見の宴としゃれ込もうやないか」

前久は手ずから膳を運び、家康に酒を勧めた。家康は盃《さかずき》を受けながら、どんな話をされてもいいように丹田《たんでん》に気を集めた。

「大納言はどう思う。正直なところを聞かせてくれ」

「出陣についてでございましょうか」

「朝鮮、明国を相手に戦をして勝てるかどうか。こんな無謀な戦を始めて、国を保てるかどうかや」

「ならぬものと存じます」

家康は初めて本心を口にした。

「そうか。ならぬか」

「近衛さまはどうお考えでしょうか」

「大納言と同じや。明国とは聖徳太子の頃から好《よしみ》を通じ、さまざまな教えを受けてきた。我が国にとって根とも幹ともあおぐ大恩ある国や。その恩を仇《あだ》で返すようなことをしたらあかん。しかも南蛮人どもの口車に乗せられてのことやないか」

前久は手酌《てじゃく》の酒を腹立たしげに飲み干した。

話は容易ならざる方向に進もうとしている。うかつなことは言えないと、家康は庭の桜に目をやった。近衛の桜と呼ばれ、洛中洛外に名を知られた名木だった。

「大納言、秀吉がイエズス会やスペインにそそのかされて出兵を決めたことは、おことも知っとるやろ」

「それは秘策あってのことだとうかがっております」

「ほう。聞かせてんか、その秘策を」

「ヴァリニャーノというイエズス会の頭目は、太閤殿下のバテレン追放の方針を変えさせようとキリシタン大名に命じて圧力をかけております。しかも彼らは南蛮貿易を牛耳っているために、殿下としてもこれを無視することはできません」

「そうや。そやから明国出兵に応じたんや」

「それには表裏がございます。明国を征服できれば良し、たとえできなくともキリシタン大名の力を弱めてヴァリニャーノの動きを封じられる。それゆえ関白職を秀次公にゆずったのだとおおせでございました」

「それは騙されとるで。大納言」

前久が皮肉な笑みを浮かべて酒をついだ。

「身共は秀吉を出陣させまいと、関白職にある者は洛中を離れてはならぬという仕来りがあるよって、背くなら辞めてもらうしかないと言うたんや。そしたらさっさと秀次に関白職をゆずりよった」

「お言葉ですが、朝鮮に出陣する軍勢の先陣はキリシタン大名たちでございます。東国の大名を誰一人出陣させないのは、西国勢が総崩れになっても秀次公を支えられるようにするためだと、殿下はおおせになりました」

「悪いけどな。身共の前で秀吉を殿下と呼ぶのはやめてんか。胸糞《むなくそ》悪いわ」

「猶子《ゆうし》にして関白職につけられたのは、どなたでございましたか」

家康は手厳しく言い返した。

「あの時はああするしかなかったんや。それにこんなにずる賢い奴とも思わんやった。身共が突き放したよって、今ではこれ見よがしにイエズス会とべったりや。近頃秀吉が重用している近習はキリシタンばかりやで。イエズス会との連絡役をつとめさせとんのや」

中でも警戒すべきは大谷刑部吉継だと前久は言った。刑部の母親は東殿《ひがし》と呼ばれ、北政所に仕えて豊臣家の内政を仕切っているが、熱心なキリシタンなのである。刑部が秀吉に重用されているのも、東殿の後押しがあるからだという。

「豊臣家の内情を、近衛公は何ゆえご存じなのでございましょうか」

「いつか言うたやろ。我ら公家は武家のように刀で人を斬り殺すことはできん。そやさかい知恵と策略で勝たなあかんのや。そのためには相手のことを知っとかなならん」

「大坂城内に密偵を入れておられるということでしょうか」

家康は瓶子《へいし》を持ち上げて前久に酌をした。

「人聞きの悪いことを言うたらあかん。帝と朝廷のことを大切に思うてくれる協力者がおるんや。そうした者たちのお陰で、イエズス会やバテレンたちが何を狙《ねろ》とるか分かった。この国から朝廷をなくすことや」

「それは……、まことでしょうか」

「秀吉が出したバテレン追放令には、日本は神国ゆえキリスト教の布教を許さないと書いてある。神国の大本は帝と朝廷やさかい、この機会にそれを潰しておかんと布教はうまくいかんとバテレンどもは考えとる。どや、見やすい道理やろ」

「確かに、おおせの通りと存じます」

家康はさらに一歩、容易ならざる所に追い詰められるのを感じた。

「もし秀吉がバテレンどもの計略を認めるなら、生かしておくわけにはいかん。そう思うやろ」

「秀吉公は関白職をつとめられたお方です。バテレンの計略を認められるとは思えません」

「そんなら結構なことや。しかし万一のことがあったなら、身共は秀吉を始末するで」

「………」

「そして関白秀次を中心にして朝廷を立て直し、バテレン追放令を徹底させる。そん時は大納言、そちを征夷大将軍《せいいたいしょうぐん》にして江戸に幕府を開いてもらうつもりや。ええな」

秀次、家康を身方にして秀吉を倒すということである。家康は返答に窮し、脂汗がにじむのを感じながら手にした盃をじっと見つめた。

そして明智光秀が信長を討てと命じられた時も、こんな風だったにちがいないと同情を禁じえなかった。

三月十七日、家康は一万五千の軍勢をひきいて肥前名護屋城に向かった。伊達政宗、上杉景勝、佐竹義宣、南部信直ら東国勢をひきいての堂々たる行軍である。

家康は誇らしげに胸を張りながらも、前久の言葉を思い出して心中おだやかではいられなかった。

家康が肥前名護屋に着いたのは三月二十五日のことだった。京都からおよそ百七十五里（約七百キロ）を九日で移動したことになる。

大きな難関は大瀬戸（関門海峡）を越えることだが、石田三成らが手配した船で博多まで渡り、支障なく行軍することができた。

肥前名護屋は北に向けて突き出した半島に位置している。東側の呼子《よぶこ》とは名護屋《なごや》浦《うら》という深く湾入した入江によって隔てられ、西側には大戸浦、串浦、外津浦があって船をつなぐことができる。城は半島の中心部の小高い丘の上に築かれ、大戸浦を船入りとして使えるようにしていた。

名護屋浦の渡し場には、本多忠勝と大久保忠世が迎えに来ていた。先発して陣屋の普請にあたっていたのである。

「我らにはこの地獄浜と、向かいの観音寺《かんのんじ》山《やま》が割り当てられ申した」

忠世が軍扇であたりを指しながら説明した。名護屋浦の入口の東西を扼《やく》する要地だが、地獄浜とは不吉な名前だった。

「北西の強風に追われて浦に逃げ込もうとする船が、浜に打ち上げられて大破することから、この名がついたそうでござる」

家康の陣屋は観音寺山にもうけられ、北に向かうなだらかな傾斜地に、忠世と忠勝が陣屋を構えていた。

総勢一万五千が暮らすには手狭だが、割り当てられた分しか使えないので致し方がない。まず宿所の配分をおこない、落ち着いた後で皆を集めて状況を確認することにした。

「名護屋の様子はこのようでございます」

忠勝が広げた絵図には、名護屋城と諸大名の陣屋の配置が記されていた。

半島の先端の波戸岬《はどみさき》には、西に島津義弘、東に佐竹義宣。西側の海ぞいに上杉景勝、九鬼嘉隆、小早川隆景、福島正則、加藤清正が配されている。船入りである大戸浦の入口は、水野忠重と細川忠興が固めていた。

半島の東側には蜂須賀家政、蒲生氏郷、富田一白、そして観音寺山に徳川家康が配され、城の南東には小西行長、前田利家、大谷吉継の陣屋がある。

南西の串浦ぞいには豊臣秀保《ひでやす》（秀長の養子）、鍋島直茂、その東には宇喜多秀家が控えていた。

大名のうち一万以上の軍勢をひきいているのは、島津義弘、加藤清正、豊臣秀保、徳川家康、小早川隆景、宇喜多秀家、鍋島直茂、毛利輝元の八人だった。

「太閤殿下のご到着まで、城は黒田官兵衛どのと加藤清正どのが預かっておられます。また各大名の陣屋を許可なく往来することは禁じられております」

それを防ぐために要所に兵が配されていると、本多忠勝は八ヶ所の番所の位置を示した。

「半島全体がひとつの城になったようだな。安土城の構えとよく似ている」

家康は琵琶湖に突き出した安土城のことを思った。本能寺の変の後に焼け落ちた天主閣は、今も再建されないままだった。

「警戒すべきは火の始末でござるな。吹きさらしの所にこんなに陣屋を密集させては、火事になったら防ぎようがござらぬ」

酒井忠次があきれ顔でつぶやいた。

「長い滞陣となりそうですが、兵糧や薪《まき》の補給はどうするのでござろうか」

井伊直政は将兵の暮らしを案じていた。

「近辺の商人や村人が売りに来るので、それを買うようにとの達しでござる。ついでながら、し尿は金肥《きんぴ》として買い取らせるそうな」

まるで籠城のような話である。誰も経験したことがないので、どんな問題が起こるか住んでみなければ分からなかった。

評定の後、家康は本多正信を呼んで近衛前久から言われたことを伝えた。

「イエズス会は朝廷をなくそうと企てているとおおせられたが、そちはどう思う」

「奴らの狙いは日本をキリスト教の国にすることゆえ、なくせるものならなくしたいと考えているはずでござる」

正信はさして驚きもしなかった。

「それが事実としたなら、どんな手立てを用いるであろうか」

「口にするのも恐れ多いことでござるが、ヨーロッパでは王家が根絶やしにされたことが、何度もあったそうでござる」

「もし秀吉どのがバテレンに加担するなら始末すると、近衛公はおおせられた。関白秀次公を押し立て、豊臣家を分断させるお考えのようだ」

「もしそうなったら、殿はどちらに身方なされますか」

「朝廷をなくすような不埒な企てを認めるわけにはいかん。そんなことが起こらぬように力を尽くすばかりだ」

前久は家康を征夷大将軍にし、江戸に幕府を開いてもらうとも言った。だがそんな空手形を信じるのかと冷笑されそうで、正信には伏せておくことにした。

翌三月二十六日から家康の陣屋には多くの大名が挨拶に来るようになった。

家康の名声は天下に鳴り響いている。この機会に面識を得ておきたいと願う者や、以前に世話になった礼を言いたいという者が、陣屋訪問の許可を得て会いに来るので、取り次ぎ役の本多正純が対応に苦慮するほどだった。

四月になり浅野弾正少弼長政が訪ねてきた。長吉の名を長政に改めたことは、まだ公にはしていなかった。

「江戸大納言どの、奥州仕置の折には大変お世話になり申した」

手みやげだと言って、所領若狭から取り寄せた昆布を差し出した。

「かたじけない。謹慎処分を受けておられると聞きましたが」

「九戸のことでご勘気に触れましたが、北政所さまの取り成しのお陰で許されました。そのかわりに城普請を命じられ、二の丸の外に弾正丸を造り申した」

「それはご苦労でございました。ご壮健の様子で何よりでござる」

「近々弾正丸に遊びに来て下され。我ながら見事な石垣ができたと自負しており申す」

「太閤殿下がご到着なされてからにいたしましょう。讒言《ざんげん》をする輩が君側におらぬとも限りませぬゆえ、しばらくはご用心なされた方がよろしゅうござる」

名護屋在陣は各大名家の外交の機会にもなっている。それだけに良からぬ企《たくら》みをする者がおりはせぬかと、秀吉側も神経をとがらせているのだった。


四月十二日、対馬で待機していた小西行長らの第一軍が、兵船七百余をつらねて釜山港から朝鮮半島に上陸した。

行長は釜山城に攻め寄せ、「仮途入明《かとにゅうみん》」（明国を攻めるために道を借りること）を要求したが、守将の鄭撥《ていはつ》が拒否したために翌十三日に城を攻め落とした。

その時の状況について、松浦鎮信の家臣である吉野甚五左衛門《じんござえもん》は手記（『吉野覚書』）に次のように記している。

〈みな手を合《あわ》せひざまづき、聞きもならわぬから（唐）言《ことば》、まのうまのうと云《い》ふ事は、助けよとこそ聞《きこ》えけれ。それをも味方聞きつけず、切りつけ、打ち捨て、ふみ殺し、これを軍神《いくさがみ》の血祭りと、女男も犬猫も、みな切り捨てて切り首は、三万程とぞ見えにけり〉

翌日、行長らは東萊城《とうらい》を攻め落とし、首都漢城を目ざして進撃を開始したのだった。

四月十七日には加藤清正らの第二軍が釜山に上陸。翌日には黒田長政らの第三軍、島津義弘らの第四軍が慶尚道《けいしょうどう》の安骨浦《あんこつほ》に上陸し、金海城《きんかい》を攻め落とした。

四月十九日には小早川隆景らの第六軍、毛利輝元の第七軍が釜山に上陸した。

秀吉が一万余の手勢をひきいて名護屋に到着したのは、四月二十五日のことである。家康は重臣らを従え、諸大名とともに出迎えたが、一行の装いは目を驚かすばかりの派手なものだった。

幔幕を張りめぐらし、本陣旗や馬印で飾り立てた安宅船《あたけぶね》から下りた秀吉は、『三国志』の英雄を思わせる黒々としたつけ髭をつけ、猩々緋の陣羽織を着て唐生糸《からきいと》を巻いた太刀をはいていた。

石田三成、大谷吉継ら五十人ばかりの近習も同じ陣羽織を着込み、黄金を張りつけた槍を持ち、秀吉の前後に従って名護屋城に向かった。

その後ろから七十五頭の引馬《ひきうま》がつづいたが、鞍には唐織《からおり》、錦、金襴の豪華な布をかけ、金銀で作った馬鎧《うまよろい》、馬面《ばめん》をつけていた。

家康らも行列の後に従い、大手口から名護屋城に入った。突き当たりに東出丸《ひがしでまる》があり、三の丸を抜けて本丸に至る。

本丸の南には馬乗馬場《うまのりばば》があり、西側の二の丸につながっている。二の丸の外側に浅野長政が造った弾正丸があった。

秀吉は本丸御殿の大広間で諸大名と対面した。背後の柳橋水車図《りゅうきょうすいしゃず》は絵師の長谷川派が描いたもので、巨大な黄金の橋の下に群青色の川が流れている。襖や壁も金碧《きんぺき》障壁画で飾られていた。

秀吉の近くには石田三成ら近習ばかりか、黒い長衣を着た五人の宣教師が控えている。その中でもひときわ大柄なのが、イエズス会東インド巡察師のアレッサンドロ・ヴァリニャーノである。

宣教師たちの隣には、オーギュスチンの洗礼名を持つ前田利家とジュスト高山右近、シメオン黒田官兵衛がおごそかな面持ちで着座していた。

「皆の者、参陣大儀である。朝鮮において我が軍は破竹の快進撃をつづけ、数日中には漢城を攻め落とす勢いだという知らせがあった」

秀吉は黒々とした豪傑髭をつけたまま声を張り上げた。

「やがて漢城を落として朝鮮を降したなら、余が自ら渡海して明国征服の指揮をとる」

大広間に集まった大名たちは、秀吉の渡海の宣言に寂《じゃく》として声もない。本気なのか大言壮語をしているだけなのか、すぐには判断をつけかねていた。

「このたび黒田官兵衛どのとイエズス会のご尽力で、南蛮から潤沢に硝石と鉛を買い付けることができるようになりました。またインド副王のご英断で、二隻のナウ船も借り受ける手筈でございます」

石田三成が状況を報告し、官兵衛に話をするようにうながした。

「いや、それがしなど」

官兵衛は表に出ることを嫌がり、ルイス・フロイスに話すように頼んだ。

「それではご無礼ながら」

フロイスは上司にあたるヴァリニャーノに一礼して立ち上がった。来日して三十年になり、日本語を不自由なく話すことができた。

「このたび太閤さまのお力で明国征服の軍勢を送ることができました。我がイエズス会もスペイン帝国も、全力をあげてこれを支援いたします」

明国にもイエズス会の宣教師は入国しているが、彼らの報告によると国内は乱れ兵備も充分ではないので、日本人が攻め込んだなら征服することは難しくはないだろう。

隣国のインドはスペインが支配しており、日本軍に呼応して援軍を送ることができる。かつてローマカトリックはレコンキスタ（再征服）のために十字軍をイベリア半島に送り、イスラム教徒を追放してポルトガル、スペインを建国した。

「それと同じ偉業を、太閤さまと皆さまは成し遂げようとしておられます。この栄光は神に捧げる偉業として世界中に知れわたり、子々孫々に語り継がれることでしょう」

フロイスが語り終えると、キリシタン大名たちが拍手をし、それに倣って他の大名たちも自信なげに手を打ち鳴らした。

家康もそれに合わせながら、秀吉はキリシタン勢力の力を削ぐことを諦め、完全に彼らに取り込まれたのではないかという疑いを強くした。

だとすれば、今後の対応も再考せざるを得なくなると思いながら、演説に上気したフロイスの赤ら顔をうかがっていた。

五月二日、小西行長らの第一軍と加藤清正らの第二軍は漢城を攻め落として入城したが、国王や王子らは脱出していて捕らえることができなかった。

漢城攻略の報が名護屋城に届いたのは五月十六日のことだった。

これを聞いた秀吉は諸大名を再び大広間に集め、自ら渡海して漢城に入り、陣頭に立って明国征服の指揮をとると明言した。

「渡海のための船団を早急に名護屋にもどすように、釜山の船奉行に命令した。また関白秀次にも書を送り、今後の方針を伝えることにいたす」

秀吉が秀次に書状を出したのは五月十八日だが、その内容はわずかな近臣が知るばかりだった。

在陣して二ヶ月目となる五月二十五日、都から傾《かぶ》き踊りの一座がやって来た。すでに初夏の陽気で、肌が透けて見えるほどの生絹《すずし》の小袖をまとい、名護屋帯と呼ばれる細長い帯をしめていた。

　一座の者たちは手分けして、大名家の陣屋に興行の挨拶におとずれる。家康のもとにも二十歳ばかりとおぼしき色白で柳腰の女が訪ねてきたが、それは音阿弥の変わり身だった。

「さすがに、見事なものだな」

　家康は技の冴《さ》えに改めて感心した。

「近衛公から使いを命じられましたゆえ、踊りの一座にまぎれ込ませてもらいました。これをお渡しせよと」

　音阿弥が名護屋帯にぬい込んだ書状を取り出した。

「向こうの計略が明らかになった。証拠の書状の写しを送る」

　近衛流の鮮やかな書体で短く記されている。署名はなくとも、それだけで前久の筆《て》だと分かった。

　書状は秀吉の祐筆《ゆうひつ》である山中橘内長俊《きつないながとし》から北政所の侍女の東殿にあてたもので、十八条にもおよんでいた。

　女性向けにひらがなの多い書状の冒頭には、次のように記されている。

〈ひんき（便宜《べんぎ》）候まゝ一筆まゐらせ候。かうらい（高麗《こうらい》）のミやこすきつる二日にらつきよつかまつり候。それにつき、うへさま御とかい御いそき（急ぎ）なされ候〉（組屋家文書「山中橘内《きつない》書状」）

秀吉は関白秀次に使者を送ったついでに東殿にも書状を送り、渡海の構想を北政所に伝えるように依頼したのである。

いずれも秀吉の計略の核心に関わることばかりだが、中でも重要なのは天皇の処遇について記した第十一条だった。

山中橘内長俊が東殿に書き送った問題の条文を意訳すれば、次の通りである。

「日本の帝王さまを唐の都である北京《ほくけい》に移そうと考えておられますので、その御用意をするようにおおせつけられました。内裏の御料所として都のまわりに十ヶ国を御進上なされますので、その扶持によって諸公家衆をまかなうようにとおおせでございます」

秀吉は天皇と公家衆を北京に移すつもりだというのである。

それに先立って自分も北京に移り、関白秀次にも渡海を命じる。そして北京の支配が安定したなら、秀吉は日本との往来の便《べん》がいい寧波《ねいは》に移り、インド方面への進攻の指揮をとるというのである。

家康は我が目を疑いながら何度も書状を読み返した。壮大というか大ボラというか、何とも評し難い気持ちである。しかし本人はすっかりその気になっているようで、冗談や道化だと言ってすますわけにはいかなかった。

（これは、あるいは）

イエズス会の入れ知恵かもしれぬ。家康は帝王という言葉に違和感を覚え、先日のフロイスの挨拶と重ね合わせてそのように推量した。

だとすれば秀吉は完全に彼らに取り込まれたということだ。だから日本から朝廷をなくすために、天皇と公家衆を明国に移すと言いだしたにちがいなかった。

「近衛公は何とおおせられた。伝言はないか」

音阿弥にたずねた。

「このような馬鹿げた目論みを許すわけにはいかぬ。手を貸してもらいたいとおおせでございます」

「手を貸すとは」

始末するという言葉が、家康の脳裡をよぎった。

「秀吉を渡海させてはならぬ。そのための策を講じてほしいとおおせになりました」

「承知した。そうお伝えせよ」

家康は前久の短い書状に花押《かおう》をして音阿弥に託《たく》した。

こんな時に頼りになるのは本多正信である。家康は茶室に正信を招き、秀吉の祐筆である山中橘内の書状の写しを見せて、どう対応すべきか相談した。

「さすがに近衛公は曲者でござるな。このような写しを手に入れるとは、大坂城の内部に密偵を送り込んでいるのでございましょう」

正信は秀吉と同じくらい前久を嫌っていた。

「秀吉どのがキリシタン勢力の求めに応じ、帝や朝廷を異国に移そうとされるなら座視するわけにはいかぬ。秀吉どのの渡海を止めることで、計略を阻止しなければなるまい」

家康ははっきりと腹を固めていた。

「ほうっておけばよろしいのではござらぬか。敵が嵐の海にこぎ出すのなら、見て見ぬふりをして自滅するのを待てばいいのでござる」

「これは国内の覇権争い程度の問題ではない。朝廷の存続と我が国の対外的な信用がかかっているのだ」

「ならば方法はひとつしかござるまい」

諸大名の同意を得て、秀吉の渡海に反対することだ。本多正信はそう言って東殿にあてた密書の写しを押し返した。

「朝鮮半島に出兵せずに名護屋に残っている大名の中で、一万以上の手勢を持っておられるのは、殿と豊臣秀保さまだけでござる。お二人が中心となって皆をまとめられれば、秀吉どのも強いことは言えますまい」

「その時重要なのは、キリシタン大名の動向だ。前田利家どのや蒲生氏郷どのが同意して下さればいいのだが」

「キリシタンどもはこの国から神道など消え失せればよいと願っておりますゆえ、秀吉どのの計略に賛成いたしましょう」

「秀吉どのは以前、明国征服に失敗しても出陣させたキリシタン大名の力を削ぐことができればそれで良いと言われた。そのことを明かしたらいかがであろう」

「証拠の書状などありましょうか」

「いや。そう聞いただけだ」

「それでは無理でございましょう。秀吉どのは殿の何倍も口がうまく機転がきくお方ゆえ、争論になれば勝ち目はござらん。それに帝と朝廷を移すなどと言い出されたのは、バテレンどもの歓心を買うためでございましょう」

秀吉はそこまで手を打っているのだから、決定的な証拠がなければ、キリシタン大名を説得することはできない。正信はとても無理だと言いたげに首を振った。

「口でかなわぬのであれば、事実をもって正否を明らかにすれば良かろう」

家康は意地になって言い返したが、山中橘内の書状だけでは出兵そのものに無理があると論証することはできない。相手の急所をえぐる事実を何かつかめないかと、めまぐるしく考えを巡らしていた。

翌五月二十六日、秀吉から使者が来て、申し伝えることがあるので六月二日の巳《み》の刻（午前十時）に本丸御殿に参集せよと伝えた。朝鮮へ自ら渡海すると宣言し、皆に仕度を命じるつもりにちがいなかった。

阻止する手立ては何かないか。家康が肝を焼かれる思いをしていると、五月末日になって正信が細身の老僧を案内してきた。

「殿、覚えておられますか。一色藤長《いっしきふじなが》どのでござる。今は出家して一遊斎《いちゆうさい》と名乗り、前《さきの》将軍足利義昭《よしあき》公のお側衆《そばしゅう》をつとめておられます」

本多正信が嬉しげに紹介した。家康には見覚えがなかったが、将軍側近の一色藤長という名は記憶している。天正二年（一五七四）三月に浜松で対面し、将軍に身方して信長を討つように勧めた男だった。

「すると、あの一色どのでござるか」

信じられない思いでたずねた。あれはもう十八年も前のことである。

「今はただの出家でございます。江戸大納言さまのご盛名は、宇治《うじ》の槇島《まきしま》まで聞こえておりまする」

足利義昭は将軍を退位した後、秀吉から一万石の隠居料を与えられて槇島城で暮らしている。藤長もその側に仕えていた。

「いつぞや正信は、一色どのの使者として訪ねて来たことがあったな」

「さよう。あれは天正三年二月で、長篠の戦いの三ヶ月前でござった。一色どのがそれがしに使者を命じられましたゆえ、酒井忠次どのに仲介をお願いしたのでござる」

正信が胸を張って答えた。

「そうした付き合いが、今もつづいているということか」

「義昭公のお側衆ゆえ、都や畿内の内情にお詳しゅうござる。何かあれば知らせてほしいとお願いしておりましたので、こうして」

来ていただいたと正信が言うのを待って、藤長が紫色の袱紗に包んだ書状を差し出した。

堺の豪商で茶人でもある今井宗久《そうきゅう》が義昭にあてたもので、シャム（タイ国）に派遣している手代が知らせてきたとことわって、次のように記していた。

「スペインは目下、インドのゴアやマラッカ、マニラ、マカオを拠点として南蛮を支配しているが、早晩その勢力を失うであろう。なぜなら四年前に起こったイギリスとの海戦で大敗し、無敵艦隊と名付けた水軍の大半を失ったからである。やがて南蛮にはイギリスやオランダが進出してくるので、取引の相手を変える必要があると思われる」

宗久は秀吉がキリシタン勢力の支援を得て明国に出兵すると聞き、それはきわめて危ういと伝えようと、義昭にこのような書状を送ったのだった。

「なんと、かようなことが」

　家康は遠い海の彼方から大波が打ち寄せてくるのを感じた。

「堺の納屋衆《なやしゅう》は自前で弾薬を作っておりますゆえ、シャムや安南《アンナン》（ベトナム）に手代や船団をつかわし、日本人の町を作って硝石や鉛を買い付けているのでござる」

　だからこうした情報にも通じていると、本多正信が訳知り顔で言い添えた。

「義昭公は近衛太閤さまとも相談し、この書状を江戸大納言さまに届けるように拙僧に命じられました。そこで本多どのに取り次ぎをお願いしたのでございます」

　この書状があれば、キリシタン大名にも朝鮮出兵の無謀を説き、早期の講和が必要なことを理解してもらうことができる。家康は思わぬ知らせにふるい立ち、さっそく行動を起こすことにした。

　まず名護屋城の弾正丸にいる浅野長政を訪ねて協力を求めることにした。

「大納言さま、よくお越し下された。さっそくご案内いたしましょう」

　気のいい長政は、家康が弾正丸の石垣を見に来てくれたものだとばかり思っていた。

「その前に相談に乗っていただきたいことがござる。これをご覧いただきたい」

人払いを頼んでから、家康は東殿にあてた山中橘内の書状の写しと、足利義昭にあてた今井宗久の書状を差し出した。

長政は何だそうかと言いたげな気落ちした顔をして書状を手に取ったが、読み進むうちに表情を険しくした。

「大納言どの、これが事実とすれば由々しきことでござるな」

「さよう。それゆえこの先どうすれば良いか、弾正どののお考えを聞かせていただきたい」

「それがしも今度の出兵は何かおかしい、辻褄が合わぬと思っておりました。お知らせいただき、かたじけのうござる」

これで真相がよく分かったと、長政が二通の書状をうやうやしく家康に返した。

「これを阻止しなければ、豊臣家ばかりか日本国が破滅いたしましょう。そこで太閤殿下が諸大名を集めて渡海を宣言される前に、皆で声を上げて諫止《かんし》すべきと存じますが、ご協力いただけましょうか」

「むろんでござる。されど殿下と争うようなことがあってはなりません。何かおだやかな手立てを考え、ご渡海を止めることはできませぬか」

「地元の漁師は、この時季には大風が吹いて海が荒れると申しております。それを理由にそれがしがご渡海の延期を進言いたしますので、皆さまにもご賛同いただきたい」

中でも長政と豊臣秀保、前田利家、蒲生氏郷の協力が必要だと、家康は膝を詰めて説得した。

「ならば秀保どのにはそれがしが伝えましょう。家老をつとめる藤堂高虎とは昵懇《じっこん》の間柄ですし、義理とはいえ秀保どのはそれがしの甥に当たられるゆえ、お聞き届け下さるはずでござる」

長政は秀吉の妻北政所の義理の兄で、秀保の義理の伯父に当たるので、一門として付き合っているのだった。

「それを伺って大船に乗った心地がいたしまする。何とぞよろしくお願いいたします」

家康は肩の荷を下ろした心地がして深々と頭を下げた。

問題はキリシタンである前田利家と蒲生氏郷をどう説得するかである。家康はしばし考え、井伊直政と本多忠勝を呼んだ。

「直政は九戸城攻めの先陣をつとめた時、蒲生氏郷どのに世話になったと申しておったな」

「さようでございます。氏郷どのは智仁勇を兼ねそなえたお方で、歌道にも茶道にも通じておられます。陣中茶会に二度もお招きいただきました」

直政は氏郷の人柄に惚れ込んでいた。

「ならば明日、氏郷どのを正客に招いてお礼の茶会をもよおすがよい。次客は前田利家どのをお招きせよ。場所は忠勝の陣所が良かろう」

翌六月一日、直政は海沿いの忠勝の陣所に蒲生氏郷と前田利家を招いて茶会を開いた。家康は別室に控え、濃茶の席が終わって懐石料理になった時、給仕の役をつとめた。

折敷《おしき》にのせた酒肴を座敷に運ぶと、利家と氏郷が驚きの声を上げた。

「江戸大納言どの、このようなご趣向とは思いも寄らぬことでござる」

利家は加賀、能登、越中にまたがる八十万石ちかい所領を持ち、名護屋には八千の兵をひきいて在陣している。歳《とし》は家康より四つ上で、豊臣家を支える重鎮の一人だった。

「折り入ってお二人にお願いしたいことがあり、推参いたしました。ご無礼の段、ご容赦下され」

家康は直政と忠勝を下がらせ、利家と氏郷に向き合った。

「明日《みょうにち》、太閤殿下はご渡海を宣言されるとうかがいましたが、それがしは前々から明国への出兵には無理があると思っておりました。すると昨日、前将軍義昭公からこのような書状が送られてきましたので」

お二人の考えを聞かせてほしいと、今井宗久の書状を利家に渡した。利家は表情を変えずに一読し、氏郷に回した。

「どう思われますか。もしスペインがこのような窮状にあるとすれば、我らが明国に出兵しても支援などできないと存じますが」

「大納言どのは、どうして南蛮の最新状況を存じておられるのじゃ。今も前《さきの》将軍と通じて、何か策をめぐらしておられるのでござろうか」

前田利家はひょろ長い顔をしかめ、警戒感をあらわにした。

「前将軍のお側衆である一色藤長どのと、当家の本多正信は旧知の間柄でござる。それゆえ知らせて下されたのでございます」

「ルイス・フロイスさまは、明国出兵に呼応してスペイン軍もインドから明国に攻め入るとおおせられた。このような話はとても信じられぬ」

「いや、オーギュスチンどの。そうとも言えませぬぞ」

蒲生レオン氏郷は利家を洗礼名で呼び、同志的なつながりを隠そうともしなかった。

「それがしは南蛮人を家臣として召し抱えております。ロルテスというイタリア人の航海士で、今は山科羅久呂左衛門勝成《やましなくろざえもんかつなり》と名乗っております」

「存じておるが、それが何か」

「その者が同じことを申しておりました。スペインの艦隊はドレイク船長がひきいるイギリスの艦隊に撃ち破られた。これからはイギリスとオランダが世界の覇権を握ると」

「馬鹿な。バテレンの方々はイギリスもオランダも悪魔の国で、やがてスペインに滅ぼされると言っておられるではないか」

「それは両国の宗派がイエズス会とはちがうので、目の仇にしているのだとロルテスは申しておりました」

「そのような事情があるのなら、何ゆえイエズス会もスペインも太閤殿下に明国への出兵を勧めるのじゃ。神への信仰に生きておられる方々が、不実なことをなされるはずがあるまい」

利家に信仰の問題を持ち出され、氏郷は苦しげに口ごもった。

「加賀宰相どの、おひとついかがでござるか」

家康は提子《ひさげ》を取って利家に酒を勧めた。

利家は大ぶりの盃に注がれた酒をひと息に飲み干し、家康に盃を回した。

「頂戴いたします。今日は信長公のご恩を受けた者同士、腹蔵なく話をさせていただきたい」

「改まって、どんな話でござろうか」

「イエズス会が何を企み、どう行動してきたかについてでござる。本能寺の変の時、彼らは明智光秀の計略をいち早く察知し、漁夫の利を狙う策を立てておりました。そのことはお聞き及びでござろうか」

「いいや。存じませぬ」

「イエズス会は信長公にも、明国征服のために兵を出すように求めておりました。

ところが信長公はこれを拒否され、イエズス会とも手を切ってしまわれた。そんな時イエズス会は、明智が信長公を討ち果たそうと企てていることを知ったのでござる」

家康は盃を空け、懐紙で清めて氏郷に回した。

「そこでイエズス会は変が起こるのを待ち、秀吉どのに明智を討たせて天下を取らせることにしました。その見返りに秀吉どのは、明国に出兵すると約束されたのです。決してご自身で望まれたことではありません」

「つまり、イエズス会と取り引きをなされたということでござろうか」

「さよう」

「ふむ、なるほど」

利家は思い当たることがあるようで、氏郷と顔を見合わせて聞く姿勢をとった。

「これが勝てる戦なら、朝鮮、明国に兵を進めるのも壮挙と言うべきかもしれません。ところが今井宗久の書状に記されているように、スペインが往年の勢いを失っているのなら、日本を支援することはとてもできますまい。さすれば我らは広大な大陸で孤立し、なす術《すべ》もなく敗北することになりましょう」

「もしそれが事実なら、バテレンの方々はどうして我々に知らせて下さらないのでござろうか」

「理由は二つ考えられます。一つはイエズス会はスペインの支援を受けているので、かの国の凋落《ちょうらく》を秘密にしていること。もう一つは日本が明国出兵に失敗しても構わないと考えていることです」

「そんなはずはござるまい。バテレンの方々は常々、この国の住民を救うために布教をしているとおおせでござる」

「彼らの目的はそうだとしても、スペインの目的は日本を植民地にすることです。日本が明国との戦争に敗《ま》けて弱体化すれば、かえって好都合だと考えているのかもしれません」

「レオン、江戸大納言どののお考えは正しいと思うか」

　利家が救いを求めるように氏郷に話を向けた。

「山崎の戦いの時に先陣をつとめたのは、高山右近どのや中川清秀どのにひきいられたキリシタンの軍勢でした。それはイエズス会に指示されてのことだと存じます」

キリシタン大名たちは洗礼親であるバテレンの指示がなければ動けないのだから、氏郷がそう考えるのは当然だった。

「加賀宰相どの、こうした状況で太閤殿下が渡海されれば由々しき大事だと思われませぬか」

家康はここが勝負所だと見て説得にかかった。

「それは、確かに……」

「戦況が厳しくなればなるほど、火薬や鉛玉の補給をイエズス会やスペインに頼らざるを得なくなります。そうなれば殿下を人質に取られたも同じで、彼らの指示に従わざるを得なくなりましょう。そうして勝算のない戦に、はてしなく引きずり込まれることになりかねませぬ」

「お考えはよく分かり申した。これからレオンとも相談し、明日までにはどうするか決めておきまする」

利家は動揺から立ち直れず、態度を明らかにしないまま席を立った。

翌日の巳の刻、秀吉の命令に従って七十数名の大名が名護屋城の本丸御殿に集まった。朝鮮半島に出陣中の大名家からは、留守を任された者が主君の名代として出席していた。

やがて秀吉が石田三成、大谷吉継ら近習と五人の宣教師を従えて大広間に現れた。

「皆さま、ご足労大儀にございます。今日は朝鮮での戦況と今後の予定をお知らせするために集まっていただきました」

三成がよどみなく語り始めた。

「わが軍は朝鮮に上陸してからわずか二十日ばかりで漢城を攻め落とし、第二の都である平壌に向かって進撃しております。明国に攻め入るのも近いと見て、太閤殿下は漢城にご動座なされることにいたしました」

その言葉に一同がどよめいた。

「ただ今釜山から迎えの船団を呼び戻しているところです。前にもお伝えした通り、ヴァリニャーノさまのご尽力でスペインからナウ船二隻を借り受けることになりましたので、漢城から黄海を渡って山東半島に上陸し、陸路を進む軍勢と呼応して明国に攻め込みます。それでは殿下のご下知を」

三成にうながされて秀吉が口を開きかけた時、

「お待ち下され。恐れながら申し上げたいことがございます」

家康が立ち上がり、秀吉の正面に出て平伏した。

「土地の漁師の話では、この時季は大風が吹いて海が荒れるとのことでござる。殿下に万一のことがあってはなりませぬゆえ、ご渡海はしばらく延期し、日和《ひより》を見定めていただきとうございます」

「大納言どの、控えられよ。これはご上意でござるぞ」

三成が血相を変えて制止しようとした。

「ご上意とはいえ、御身の安全に関わるとあらば諫止するのが臣下のつとめでござる」

「これまで船が遭難したという報告は一件もありません。また、これから半月ほどは天気が崩れる心配はないと、船長《ふなおさ》たちが申しております」

「それが絶対とは言えぬゆえ、こうして進言しているのでござる。どうしてもご渡海なされるのであれば、ナウ船を名護屋浦に入港させ、それに乗って出征していただきたい。ヴァリニャーノどの、フロイスどの、いかがでござろうか」

家康は黒い長衣を着たバテレンたちをひたと見据えた。

フロイスが通訳して意を伝えたが、ヴァリニャーノはそ知らぬふりを決め込んでいた。

「先ほど石田治部どのは、ヴァリニャーノどののご尽力でナウ船二隻を借り受けることになったと明言なされた。しかるに何もお答えいただけぬのは、その約束をはたせぬからではございませぬか」

「それはちがいます。これにはスペイン海軍の艦長《カピタン》の了解が必要ゆえ、時間がかかっているのでございます」

フロイスがあわてて釈明した。

「それはいまだに、ナウ船の貸与について了解を得ていないということでござろう。方々、このような状況で殿下にご渡海いただいて良いものでござろうか」

家康はふり返って諸大名に呼びかけた。

「江戸大納言どののおおせはもっともと存ずる。それがしもご渡海は延期されるべきと思いまする」

浅野長政が立ち上がって声を上げた。

「太閤殿下の御身が心配でございます。万一のことがあっては取り返しがつきません」

豊臣秀保がためらいがちに後につづいた。

他の大名たちはどうしたものかと右や左をうかがっている。ほかに同意する者はいないと思われた時、前田利家と蒲生氏郷が同時に立った。

「我らもご渡海は見合わせられるべきと存じます。殿下はかけがえのないお方ゆえ、安全を第一番に考えるべきでござる」

利家の一言が大勢を決めた。ためらっていた大名たちは、他の者に遅れるまいと我も我もと立ち上がった。

秀吉は初めのうちこそ余裕の笑みを浮かべていたが、利家と氏郷が立ち上がるのを見ると顔をひきつらせて家康をにらみ付けた。

（大納言、謀《はか》ったな）

今にも怒鳴りつけそうな形相だが、ここで事を荒立てては負けだと思い直したのだろう。一瞬のうちに表情を和らげ、両手を前に出して諸大名に座るようにうながした。

「皆が余の身を案じてくれるのは有り難い限りじゃ。中でも江戸大納言の配慮には頭が下がるが、ナウ船についての懸念は無用じゃ。手違いがあってこたびの渡海には間に合わぬが、来月には二隻とも釜山の港に回航する。余はその船に乗って明国に渡るつもりじゃ」

秀吉は事もなげに言い、明国出兵は亡き信長公のご遺志であると付け加えた。

「信長公は常々、天下統一を終えたなら朝鮮、明国を攻め取り、日本をポルトガルやスペインと肩を並べる強国にするとおおせであった。それゆえ余は身命を賭してそのご遺志をはたそうとしておる。この名護屋から釜山まで、わずか七十余里しか離れておらぬ。その海が荒れるからといって尻込みしているようでは、世界の海を股にかけて我が国を渡ってくる西洋人は何と思うであろうか。何という臆病な輩《やから》だと、物笑いの種にするに決まっておる。皆の者、そうは思わぬか」

秀吉の巧みな語り口と自尊心をくすぐる呼びかけに、多くの大名たちが釣り込まれ、

「まことに、殿下がおおせられる通りじゃ」

「日本の武士の強さを、明国ばかりか世界に見せつけてやろうぞ」

渡海に反対したことなど忘れたように言いつのった。

このままでは流れに押し切られる。家康はそう見て取り、用意の伏兵を起こすことにした。

「殿下がおおせられた通り、西洋の状況は刻々と変わっておりまする。そのことについて新たな知らせをもたらした者がおりまするゆえ、ご披露申し上げたく存じまする」

「ほう、いかなる者じゃ」

「前《さき》の将軍足利義昭公に仕えている一色藤長でございます」

「さようか。ならばここに呼ぶがよい」

秀吉の許しを得て、藤長が衣冠束帯姿で広間に入り、仕来り通りの端正な所作で対面の礼をのべた。

「そちが藤長か。新たな知らせとは何じゃ」

秀吉は初めて会ったふりをしたが、しわが目立つ顔にかすかに動揺の色を浮かべている。本能寺の変の直前、藤長は秀吉の陣所を訪ねて明智光秀への協力を打診したことがあるのだった。

「今井宗久の手代が、シャムから送ってきた書状でございます。ご被見下されませ」

　藤長が差し出した書状を石田三成が受け取り、素早く目を通して内容を告げた。秀吉は漢字が読めないので、こうした取り次ぎが欠かせなかった。

「スペインが、大敗しただと」

　秀吉は思わず口にし、なぜ隠していたのかとフロイスをにらみ付けた。

「恐れながら申し上げます。スペインはイギリスとの海戦に敗れ、無敵艦隊の大半を失ったとのことでございます。それゆえナウ船の貸与も、明国出兵への支援もできかねるものと存じます」

　家康は満座の中で秀吉の見込み違いを指摘した。

「この書状がまことなら、江戸大納言の申す事にも一理ある。後日主立った者を集め、明国への出兵をどうするか評定をつくさねばなるまい」

　秀吉はひとまず保留という形にして体面を保ち、袖を払って席を立った。

　石田三成と大谷吉継が後に従おうとすると、無用だと一喝して置き去りにした。

「おおせの通りでござる。主立った方々には後日連絡いたすゆえ、ご参集いただきたい」

三成は機転をきかせてその場をつくろい、吉継や宣教師たちと出て行った。

普通なら多くの大名がその後に従うはずである。ところが皆が席を立つのをためらい、互いの顔を見合わせてどうするべきかさぐり合っていた。

「江戸大納言どの、これから弾正丸で茶など差し上げたいと存ずるが、いかがでござろうか」

浅野長政がこの時とばかりに申し出た。

「それなら後学のために、浅野どの苦心の石垣を拝見させていただきましょう。方々もご一緒にいかがかな」

家康が声をかけると、大名の大半が安堵の表情を浮かべて従った。その中には前田利家や蒲生氏郷らキリシタン大名の姿もあった。

家康が秀吉の渡海を阻止したことを評価し、頼り甲斐のある指導者だと受け止めている。だから共に行動し、この先の安全をはかりたいと願っているのである。

そうした気持ちは、戦場で生死を共にする時のように敏感に伝わってくる。家康は全身でそれを受け止め、旗頭となって皆の期待に応えようと決意していた。

まずは朝鮮、明国との講和を急ぎ、国内の治政に専念することである。それが

「厭離穢土、欣求浄土」。戦乱のない誰もが幸せに暮らせる世を築く、第一歩になるはずだった。

（「前期」完）

解説

藤田達生

信長そして秀吉が天下統一をめざした理由はなんだろうか。おそらく読者諸賢の多くが、群雄割拠の戦国時代、諸大名は必死になって領国を拡大していたのだから、当然みなが天下統一をめざしてしのぎを削っていたに違いない、と理解されているのではなかろうか。

しかし、戦国大名が試みた富国強兵策による分権化の方向性は、天下人たちが取り組んだ統一という中央集権化とは、相容れないものである。九州の覇者、四国の覇者、関東の覇者というような大大名は登場するが、彼らがめざしたのはあくまでも地域ブロックのゆるやかな自立であって、室町幕府にかわる新政権の樹立ではなかった。論理的にも、分権の延長線上に集権は想定されないではないか。

長らく語られてきた国内事情による天下統一像は、破綻しているというのが現状である。筆者は、信長以外の戦国大名には、天下統一の必然性はなかったとみている。信長のみが天下統一をめざした理由のひとつは、突出して大規模な鉄炮隊を支えた対外的な事情によるものだったと理解している。

この点について、安部龍太郎氏はイエズス会とその背後に控えるポルトガルやスペインに注目し、次のような視点を提示する。

――信長は、イエズス会と接触することによって重大情報を知ることになった。南欧国家による地球の分割統治策であるデマルカシオンに基づく、日本を植民地化しようとする計画である。

それを回避すべく、信長は短期間で天下統一をめざした。数千挺の鉄炮隊を擁する強力な軍隊によって統一を実現して植民地化を食い止め、国家的独立を維持しようとしたのである。

そもそも鉄炮は、火薬と玉を必要とする。前者の原料である硝石は国産されず、後者のそれである鉛も国内に乏しかった。信長は、宣教師を通じて東南アジアや中国などからそれらを大量かつ安定的に輸入したから、イエズス会との関係は切っても切れないものとなっていた。莫大な資金をもとに兵站《へいたん》を確保すれば、天正三年（一五七五）の長篠の戦いのように、鍛え抜かれた武田の騎馬軍団でさえ壊滅させることができたからだ。

天下統一を目前に、信長はついに南欧勢力と手を切った。そのためイエズス会は、信長を捨てて秀吉を育てることにした。しかも彼には、天下統一ばかりか明国遠征さえ要請した。陸戦に弱いスペイン軍を助けて、大陸奥深く伐り込むことが求められたのだ。

天正十五年のバテレン追放令の発布は、秀吉とイエズス会との蜜月を終了させた。しかし、黒田官兵衛孝高《よしたか》をはじめ高山右近や蒲生氏郷、さらには前田利家など、敬虔なキリシタン大名を使ったイエズス会による政権転覆の脅しに屈した秀吉は、朝鮮出兵を開始する。ただし、秀吉はキリシタン大名を前面に立てることで、彼らの使い捨てをもくろんでいた――

このような、世界政治のなかで苦悩する天下人秀吉と家康とのやりとりが、本巻では重厚に描かれている。ここには、近年の研究成果をちりばめつつ、天下人と対立しながらも育てられる家康像が語られている。

この時期の家康は、駿府という地方にあって中央の秀吉と激しい外交戦を経験するのであるが、才気あふれる人材については、潰すのではなく育てて使うことを優先する秀吉の器量の大きさに学ぶ。これが、後の政権づくりに生かされるのである。

筆者が心惹かれたのは、なんといっても地球規模の植民地主義の暴力が、宗教という外皮をまとって「救い」として、すさんだ時代の人々の内面に深く食い込んでいたことを説いている点である。

九州出兵に参陣し勇敢に戦った秀吉麾下《きか》のキリシタン大名たちの目的は、島津氏らに虐げられた大友氏をはじめ有馬氏や大村氏ら、キリシタン大名を救援することにあった。高山右近らキリシタン大名たちは、自らのみならず家臣団さらには領民たちに改宗を奨励し、十字軍の遠征のように演出したのだ。

それはなによりも、キリスト教には従来の仏教などでは果たせなかった救いがあったからだ。宣教師たちがヨーロッパの科学を持ち込み、外科手術などを通じて人命を救ったことも重要であるが、地球の裏側から困難を乗り越えて命がけで日本にたどり着き、布教をおこなう迫力に心打たれたのかもしれない。鎌倉時代に異端的諸宗派すなわち新仏教は、民衆救済のために地方社会に浸透してゆくが、世界的規模の宗教運動が極東日本を覆ったのだった。

しかし、それが南欧国家の世界戦略に組み込まれており、結果として日本の独立を危うくすることになってしまう可能性すらあったのである。秀吉は、信長の家臣時代からそれを正確に見抜いており、国際貿易のうまみを逃さないように、ギリギリのところで判断を下していた。このあたりの感覚が、安部文学では心憎いばかりに研ぎ澄まされている。

安部氏が本巻で幾度となく主張するのは、信長の天下統一に懸けた理想を秀吉が受け継いだことである。これは、たびたび「律令国家への回帰」と表現されている。読者諸賢には、いささか突飛すぎて面食らったかもしれない。心配するのは筆者のみかもしれないが、これについて研究者の立場から説明を加えたい。決して、安部氏の「思いつき」などではないからである。

天下統一とは、秀吉が豊臣平和令（長年にわたり高校日本史の教科書では「惣無事令」として登場した）を押しつけ、強大な軍事力を背景に戦国大名を制圧したから実現したものではない。

安部氏は「惣無事令」を採用されているが、読者にわかりやすいように教科書的通説を重んじたのだろう。しかし現在は、その存在が疑問視されており、「惣無事」にしてもあくまでも政策基調（スローガン）に過ぎないとの批判によって、もはや通説的見解ではなくなっている。

秀吉は、戦争を通じて戦国大名を赦免する、あるいは改易した後、領地を一旦は収公して城割によって抵抗拠点を破却し、そのうえで太閤検地を強制した。田畑を国家の土地台帳たる検地帳に登載することを通じて、中世領主権の収公をめざしたのである。

「天」には創造主たる天帝がおり、天命によって「天下」の統治権を天下人に預けた。天下人とは、天皇権威と一体化することを通じて権威と権力をあわせもつ絶対的な存在だった。信長が誠仁《さねひと》親王の子息五宮を猶子にしたり、安土行幸を準備したように、秀吉も関白に就任して自らを権威づけた。

秀吉は、検地を通じて石高で表現された領知権すなわち領地・領民・城郭を、器量に応じて服属諸大名に預けた。その際、大名は国替を強制され、中世以来の本領を失うことになった。なぜ秀吉が城割と検地を全国的に強制したのかについては、田畑を収公して「天」のもとに返し、天下人が「公田」として諸大名に預けることにあった。実際に、秀吉は古代律令体制を復活することを語っていたようだ（『天正記』）。

豊臣大名そして江戸時代の藩主は、天下人との主従制をもつことで武家たりえたのであるが、同時に天下人を介して天皇から四位ないし五位の官位を得て公家になっていた。彼らは、法令を遵守する国家官僚としての色彩を強めたから、戦国時代のように隣接する大名を攻撃することなどなかった。このようにして、天下泰平が実現したのである。読者諸賢には、これで安部氏が信長改革の本質として主張される律令制への回帰の意味がおわかりいただけたかと思う。

本巻は、秀吉が聚楽行幸を挙行した天正十六年から、朝鮮出兵を開始する天正二十年までの四年間が舞台となっている。秀吉は五十二歳から五十六歳まで、家康は四十六歳から五十歳までの、ともに人生の充実期にあたっている。この時期、秀吉は天下統一を実現し、次のステップへと向かい、家康は新天地江戸と関東平野の開発に余念がなかった。

世界政治のなかの日本の立ち位置を探るのを秀吉が担い、新たな日本の開拓基地の開発を家康が担った。このような内外の動きについては、実は秀吉の経営手腕によってひとつの方向に向かっていた。未曽有のグローバル化のなかで、日本列島の改造をおこなっていたのである。それが、後に北前船や菱垣《ひがき》廻船・樽廻船に結実する海運、東北産の米の江戸への回漕など、産業構造の転換と国力の向上をもたらすことになる。

中世においては、京都と鎌倉という政治の二極構造が長らく続いたが、経済的には上方一極集中だった。やがて二人の天才によって、北海道の道南地域をも含む新生日本が誕生する。このようなダイナミックな展開については、一愛読者として次巻以降に期待したい。

——歴史学者

本作は左記の新聞に連載された「家康　飛躍篇」に加筆・修正した文庫オリジナルです。

室蘭民報　山陽新聞
釧路新聞　大阪日日新聞
日本海新聞　北國新聞
静岡新聞　岐阜新聞
福島民報　南日本新聞
四國新聞　佐賀新聞
長崎新聞　上毛新聞
東奥日報　夕刊フジ
岩手日日　ハワイ報知
茨城新聞　京都新聞

（順不同）

幻冬舎時代小説文庫

●好評既刊
家康(一) 信長との同盟
安部龍太郎

桶狭間の敗戦を機に、葛藤の末、家康は信長と同盟を結ぶ。時は大航海時代。激変の渦の中、若き英雄たちはどう戦ったのか。欣求浄土の理想を掲げた家康の想いとは。かつてない大河歴史小説。

●好評既刊
家康(二) 三方ヶ原の戦い
安部龍太郎

時は大航海時代。家康は信長と共に、新しい時代の到来を確信していた。そこに東の巨人・武田信玄の影が迫る。外交戦を仕掛けた家康だったが、逆に深い因縁を抱え込むことになる……。

●好評既刊
家康(三) 長篠の戦い
安部龍太郎

三方ヶ原での大敗は家康を強くした。周到な計画の下、決戦の場を長篠に定め、宿敵武田を誘い込み――。一方、天下布武を急ぐ信長は、家康にお市の方との縁談を持ちかける。戦国大河第三弾!

●好評既刊
家康(四) 甲州征伐
安部龍太郎

長篠の戦いに大勝した家康。しかし宿敵・勝頼の謀略が息子信康に迫っていた。妻子との悲しき決別をいかに乗り越えるのか。そして天下統一直前の信長と最後の時を過ごす――。戦国大河第四弾。

●好評既刊
家康(五) 本能寺の変
安部龍太郎

安土城を訪れた家康は天皇をも超えようとする信長のスケールに圧倒される。一方で信長包囲網はさらに強固なものになっていた。最新史料をもとに描く本能寺の変の真相とは。戦国大河第五弾!

幻冬舎時代小説文庫

家康《いえやす》（八）
明国征服計画《みんこくせいふくけいかく》

安部龍太郎《あべりゅうたろう》

令和5年2月10日　初版発行

発行人――石原正康
編集人――高部真人
発行所――株式会社幻冬舎
〒151-0051東京都渋谷区千駄ヶ谷4-9-7
電話　03（5411）6222（営業）
　　　03（5411）6211（編集）
公式HP　https://www.gentosha.co.jp/
印刷・製本―中央精版印刷株式会社
装丁者――高橋雅之

幻冬舎時代小説文庫

ISBN978-4-344-43275-8　C0193　あ-76-10